PETER BLAIKNER

FERN VOM INNERGEBIRG
WEITERE PINZGAUER GESCHICHTEN

EDITION EIZENBERGERHOF

EDITION EIZENBERGERHOF 41

1. Auflage: November 2014 (2.500 Stück)
Herausgeber: prolit - Verein zur Förderung von Literatur,
Strubergasse 23, A-5020 Salzburg
www.prolit.at

Das Umschlagfoto von Peter Blaikner zeigt den
Blick von oberhalb der Gleiwitzer Hütte (Fusch an
der Glocknerstraße) in Richtung Osten.
Foto des Autors: Mutz
Umschlaggestaltung und Satz: Peter Fuschelberger
Lektorat: Petra Gasperl, Petra Nagenkögel, Peter Fuschelberger

Druck: Hutter Druck, St. Johann in Tirol

Gedruckt mit Unterstützung der Kulturabteilungen
von Stadt und Land Salzburg sowie vom
Bundeskanzleramt Österreich : Kunst

ISBN 3-901243-40-0

Inhalt

Fern vom	11
Steißl.	13
Wünsche ans Christkind	15
Oanachtler	26
Grundsätze der Kommunikation	31
Wurzenmax	37
Herrn Kyselaks Alpenreise	40
Unser kleines deutsches Eck	43
Schwein gehabt	51
Sprachlos in Salzburg	59
MauFa 74	68
Venus	79
Unsere Landeshymnen	87
Kunst ist alles	93
In der Schischule	98
Limbergstollen	103
Ein Stück Käse	107
Petersbrunnhof	116
Rauriser Frühling	131
Das Adventsingen	136
Sellamse	141
Aufstand in Aufhausen	148
Der Stromausfall	152
Standort	155
Literaturhinweise	158
Fotonachweis	159

Fern vom

„Wennst unbedingt willst, dann schreib i halt noch a paar Gschichten, ob sie dir gfallen oder nit", sagte ich zum Ellmauer Klaus, der sich nicht damit abfinden wollte, dass nach meiner Sammlung von Pinzgauer Geschichten in den Büchern „Aus dem Innergebirg" und „Out of Innergebirg" nichts mehr kommen sollte. Der Ellmauer Klaus war ja auch Buchhändler und dachte an die Zukunft.

Im Innergebirg kann man sich nicht verirren. Wenn man mir als Kind erzählte, dass es einen Hänsel und eine Gretel gebe, die sich im Wald verliefen, so wunderte mich das. Man muss doch immer nur so lange bergab gehen, bis man zu einem Bach kommt und dem so lange abwärts folgen, bis man auf Menschen trifft. Raus aus dem Tal und rein in das Tal, rauf auf den Berg und runter vom Berg, das sind überschaubare Richtungen. Da verläuft man sich nicht, da kann man höchstens von einem Wettersturz überrascht werden oder von einem Erdrutsch, einer „Bloak", also einer Blaike. Somit kommt man immer irgendwo hin, immer irgendwo an.

Nun befinde ich mich an einem flachen Ort weit weg vom Innergebirg, weit entfernt von meiner Kindheit, und schaue auf Wege, die in viele Richtungen führen, wo man sich verlaufen kann. Diese Ferne bringt mich sehnsüchtig nah an meine ursprüngliche Heimat, in der Erinnerung und im Erzählen. So gehe ich zurück in die Täler, von der Höhe der Gedanken bis in die Tiefe meines Herzens, um Geschichten zu suchen, die sich so zugetragen haben, wie sie eben sind. Ich habe einige gefunden, auch dort und da ein wenig dazu erfunden. Doch auch dieses Wenige hätte sich so ereignen können und fügt sich unmerklich in das Erlebte ein. Andere erzählen ihre Geschichte, ich schreibe Geschichten.

Steißl.

„Wenn er als Butzerl mit seinem großen, runden Kopf aus dem Kinderwagen aussergschaut hat, haben alle gsagt: Guat schaut er aus! Richtig ausgfressen is er! Aber wenn i ihn dann aus dem Kinderwagen ghobn hab, warn alle entsetzt, wia spindeldürr und mager des Kind eigentlich is. Dann habens gsagt: So a armer Bua! Der is ja völlig unterernährt! Dabei hab i eh alles tan, dass ihm nix fehlt. Er war ja a Steißgeburt, is also mit dem Hintern voran auf die Welt. Weil mit so an Trumm Schädel wär der nia so mir nix dir nix daherkommen. Aber bei dem Hintern, der viel kleiner war als der Schädel, hat des dann schon ganz guat passt. Des war ganz schön gscheit von dem Buam, dass er si im Bauch drin vorher nimmer umdraht hat, sonst wär was woaß i alles passiert. Ganz blau war er bei der Geburt, weil si wegn der Steißlage die Nabelschnur verklemmt hat. Da hat er nit glei Luft kriagt. Die Hebamme hat genau gschaut, was da daher kommt, und er hat ihr ins Gsicht gschissn. Dann hat sie ihn ordentlich abgwatscht, nit weil er sie angschissn hat, sondern damit er endlich schreit. Und wia i ihn dann hab schrein ghört, is mir glei leichter wordn ums Herz. Aber zuerst hat er gschissn, dann hat er gschrian. Der Doktor hat bei der letzten Untersuchung ja schon gwisst, dass des a Steißgeburt wird. Auf den Zettel von der Untersuchung hat er dann des Wort ‚Steißl.‘ hingschriebn. Wia i ihn gfragt hab, was des hoaßen soll, hat er gmoant, des is die Abkürzung von Steißlage. Da hab i mi a so plagt, dass i des Kind auf die Welt bring, und der Doktor schreibt nit amoi des Wort Steißlage als a ganzes hin. ‚Steißl.' hat er hingschriebn, mehr nit. Und an Punkt hat er dahinter gmacht, statt dass er die ganze Lage hinschreibt."

Das erzählte meine Mutter immer wieder gern über mich, wenn sie über meine Anfänge berichtete und sich dabei freute, dass aus dem kleinen Steißl mit dem Punkt hinten doch etwas Ordentliches geworden ist.

Ich gehe gern auf die Berge und liebe es, auf dem Meer dahinzusegeln. Ich stelle mich gern gegen den Wind, habe Sehnsucht nach der Ferne und freue mich über viel frische Luft. Vielleicht liegt es daran, dass ich als Steißlagengeburt nicht gleich Luft bekommen habe und deshalb mehr brauche als andere. Außerdem bin ich ein Mensch, dem eigentlich eine ganze Menge ziemlich egal ist. Man wirft mir dann vor, dass ich auf vieles scheiße, ohne vorher lang drüber zu reden. Dafür bin ich aber keiner, der immer gleich mit dem Schädel durch die Wand muss, also kein Sturschädel, wie man so sagt. Und keiner, der gleich schreit, wenn was nicht passt. Und ich hasse es, wenn man Abkürzungen verwendet, ich möchte die Wörter in ihrer ganzen Länge erleben, genießen oder ablehnen, je nach Lage der Dinge. Dafür wurden die Wörter auf die Welt gebracht, nicht nur die Wörter, alles andere auch.

Wünsche ans Christkind

Als Kinder waren wir immer enttäuscht, wenn wir vom Christkind etwas Notwendiges wie Kleidung oder Schuhe bekamen, wo wir uns doch immer nur Spielsachen wünschten. Ich fragte mich jedes Jahr, wie ein Christkind nur auf solche Ideen kommen konnte. Da ich bald von den Schifahrern fasziniert war, die neben der Straße am Haus meiner Großmutter vorbei fuhren und meinen Wunsch durch die ständige Wiederholung des Wortes „schifaon" geäußert hatte, bekam ich als fast Dreijähriger vom Christkind meine ersten Schi, die mein Vater, der Tischler, selbst geschnitzt und grasgrün lackiert hatte. Sie hatten natürlich keine eisernen Kanten, die Bindung bestand aus ein paar auf die Schi geschraubten Drahtschlingen für die festeren Winterschuhe, aber sie waren bestens geeignet, um das Schifahren zu erlernen. Mit der Zeit wurde ich ein begeisterter Schifahrer, dem die Notwendigkeit einer besseren Ausrüstung dringend anzusehen war. Von nun an lagen in regelmäßigen Abständen von einigen Jahren immer wieder neue Schi als Weihnachtsgeschenk unter oder neben dem Christbaum. „Fischer Quick", „Kneissl White Star" und später die eierschwammerlgelben „Blizzard Epoxi" waren besondere Marken, mit denen ich auf den Schipisten des Ebenbergliftes, wo eine Bergfahrt einen Schilling kostete, großen Eindruck machen durfte. Das Problem an diesem Schlepplift war, dass er eine Stelle hatte, wo der Liftbügel uns leichtgewichtige Kinder immer aus der Spur hob, in der Luft umdrehte und verkehrt in die Spur zurück setzte, sodass wir manchmal mit dem Hintern voran an der Bergstation ankamen. Diese gefährlichen Liftfahrten waren nur durch den intensiven Einsatz der modernen und gut geschliffenen Stahlkanten an den Rändern der Schi durchzustehen, was aber nur selten gelang.

Als ich sieben oder acht Jahre alt war und schon wusste, dass damals nicht das Christkind, sondern mein Vater meine ersten Schi geschnitzt hatte, wünschte ich mir Schlittschuhe, genauer gesagt Eishockeyschuhe aus hartem, schwarzrotem Leder mit den typischen wuchtigen Kufen. Auf der Eisdecke des Zeller Sees scherten wir mit Schaufeln kleine Flächen aus und befreiten sie vom Schnee, um dort auf dem fast blanken Eis Eishockey zu spielen. Bisher taten wir das in unseren Straßenschuhen mit Besen, Schneeschaufeln oder Stöcken. Der Hausegger Reinhard, der technisch immer etwas weiter war als ich, hatte sogar Kufen, die man auf die Sohlen der Schuhe schrauben konnte. Man nannte sie Schraubendampfer. Nun aber musste eine ordentliche Ausrüstung her. Weihnachten war dafür allein schon wegen der Jahreszeit ideal. Ich bekam die gewünschten Schuhe und lernte bald eislaufen. „Wennst schifaoan kannst, dann kannst eislaufen a", sagte mein Onkel Sepp, ein begabter Sportler und ehemaliger Schirennläufer des Innergebirgs, der es wissen musste.

Unsere Vorbilder waren natürlich die Spieler des EKZ, des Eishockeyclubs Zell am See, der in der obersten österreichischen Liga spielte. Der Zeller Tennisplatz, auf dem heute das Ferry Porsche Congress Center steht, wurde im Winter als Eislaufplatz genutzt. Am Tag der Spiele waren über die beiden Einfahrten in die Stadt immer große Transparente gespannt mit der Aufschrift „Heute Eishockey". Wir standen hinter der Bande, der hölzernen Abschirmung zwischen Eisfläche und Publikum, die uns bis zum Hals reichte, feuerten unsere Mannschaft an und hofften, dass der Puck, die schwer umkämpfte schwarze Hartgummischeibe, in das gegnerische Tor flog. „KAC zruck, den Zellern ghört der Puck!", schrien wir wie wild. Der KAC, der Eishockeyclub aus Klagenfurt, war der härteste Gegner in der Liga, was bei den Spielen zu wilden Beschimpfungen und Wutausbrüchen beim Publikum auf beiden Seiten führte. Einmal, es war bei einem Spiel in Klagenfurt, saß ein Zeller Spieler auf der Strafbank, die damals noch nicht zum Publikum hin abgeschirmt war. Da näherte sich ein Kärntner Zuschauer dem Zeller und würgte den Ahnungslosen von hinten dermaßen, dass er daraufhin ins Spital eingeliefert werden musste.

Wir positionierten uns immer knapp hinter der Bande, denn es kam oft vor, dass ein Spieler seinen Eishockeyschläger zerbrach und hinter die Bande warf. Wir schnappten uns den kaputten Schläger, leimten ihn zu Hause zusammen und umwickelten ihn mit schwarzem Isolierband, das der Hausegger Reinhard von seinem Vater, einem Elektriker, in ausreichender Menge bekam. Mein Schläger war nicht nur geleimt, sondern auch verschraubt, da ja mein Vater Tischler war. Und je härter die Spiele waren, desto mehr Schläger wurden zerbrochen. Die Spiele gegen den KAC boten meist eine gute Ausbeute.

Der See hatte im Winter nicht immer die ideale Eisdecke, manchmal war sie wetterbedingt ruppig und wellig, manchmal zu sehr mit harschigem Schnee bedeckt, außerdem wurden die von uns ausgescherten Eisflächen schamlos auch von anderen Eisläufern benutzt. Also beschlossen wir, uns einen eigenen Eislaufplatz zu bauen. Der Platz hinter dem Haus meiner Großmutter schien mir dafür ideal. Als ich eines Nachmittags allein im Haus war, sprühte und spritzte ich mit der Brause Wasser aus dem Fenster des Badezimmers im ersten Stock auf den darunter liegenden Platz. Währenddessen versuchte der Hausegger Reinhard, mit einem Besen das Wasser auf dem Boden gleichmäßig zu verteilen, damit eine schöne gerade blanke Eisfläche entstand. Das Wasser gefror sofort, und wir konnten bald darauf bestens Eishockey spielen. Als meine Großmutter nach Hause kam, wunderte sie sich über das viele Eis und klagte über den strengen Winter. Ich wäre als Verursacher des Eises gar nicht aufgefallen, wenn nicht unter dem Badezimmerfenster gut sichtbar ein großer Eiszapfen gehangen wäre, entstanden durch das nun gefrorene Wasser, das aus der Brause an der Hausmauer heruntergeronnen war. Meine Großmutter schimpfte zwar, erlaubte uns aber trotzdem, den Platz hinter dem Haus für unsere Eishockeyspiele zu nutzen. Sie wusste ja, der nächste Frühling war nicht mehr weit. Doch stellte sie die Bedingung, einen mit Asche bestreuten schmalen Fußweg für sie freizuhalten. Dieser Weg zur nahe gelegenen Holzhütte führte leider quer über unseren Eislaufplatz.

Einige meiner Freunde wurden Mitglieder bei der Jugendmannschaft des EKZ. Auch ich durfte ein paar Mal mit ihnen trainieren und bekam sogar leihweise Helm, Knieschützer, Brustschutz und Zeugschutz, den schüsselförmigen Becher für die Weichteile zwischen den Beinen. Meine Interessen verlagerten sich jedoch immer mehr, was einem zeitintensiven Training bald entgegenstand. So war meine Karriere als Eishockey-spieler schon zu Ende, noch bevor sie richtig begonnen hatte.

Ab dem Alter von vierzehn Jahren wurde ich ein großer Fan der Popmusik. Bei uns gab es zwei völlig entgegengesetzte Gruppen, was den musikalischen Geschmack betrifft. Die einen waren Anhänger der Beatles, die anderen Verteidiger der Rolling Stones. Ich fühlte mich bald dem härteren Stil und den aufmüpfigen Texten der Rolling Stones zugehörig und wartete oft sehr lang, bis aus meinem kleinen creme-farbenen „Ingelen" Kofferradio auf dem Nachtkastl endlich „Satisfaction" zu hören war. Dabei verfluchte ich den Radiomoderator, der immer in den Anfang und in das Ende der Songs hineinquatschte. Als ich zum ersten Mal „Let's spend the night together" hörte, konnte ich vor lauter Erstaunen über diesen eindeutigen Aufruf zum sexuellen Beisammensein nicht mehr einschlafen. Und als man dann auch noch im Radio verkündete, dass die Rolling Stones in einer Live-Show in den USA den Titel in „Let's spend some time together" abändern mussten, fragte ich mich, ob man bei uns den Text eventuell gar nicht verstanden hatte.

Um dieser neuen Zeit gerecht zu werden, wurden manche Schulmessen in der Kirche nun auch „Jazz-Messen" genannt, wobei einige Schulkameraden Lieder mit einfältigen deutschen Texten religiösen Inhalts als angebliche Pop-Songs zum Besten gaben. Dabei waren Schlagzeug und elektrische Gitarren im Einsatz. Der Stadler Hubsi spielte seine umgehängte Gitarre dermaßen inbrünstig und bewegte sich dabei so rhythmisch nach vor und zurück, dass er vom Pfarrer schließlich wegen dieser obszönen Bewegungen von den „Jazz-Messen" ausgeschlossen wurde.

Als ich einmal beim Stadler Hubsi zu Hause war, spielte er mir auf seiner Gitarre einige Akkorde vor, es waren die fünf Akkorde von „The House of the Rising Sun". Dann reichte er sie mir. Ich hatte zum ersten Mal in meinem Leben eine Gitarre in den Händen, der Stadler Hubsi positionierte die Finger meiner linken Hand auf dem Griffbrett, dann schlug ich mit der rechten Hand die Saiten an und war fasziniert. Es war der Akkord, mit dem „The House of the Rising Sun" beginnt. Ich spielte immer wieder und wieder diesen Akkord, bis der Stadler Hubsi genervt sagte, er müsse nun für die Mathematik-Schularbeit lernen, was natürlich gelogen war, denn für eine Schularbeit lernte der Stadler Hubsi freiwillig nie.

Einige Zeit später war ich beim Wenisch Christian, der inoffiziell bei allen meinen Schulfreunden als der größte Gitarrist des Innergebirgs galt und gegen den der Stadler Hubsi höchstens ein Wandergitarrist war. Ich spielte ihm meinen erlernten Akkord vor. Der Wenisch Christian sagte „Vergiss dieses A-Moll!" und zeigte mir die Akkorde E-Dur, A-Dur und H-sieben. „Das ist der Blues".

Yeah! Von nun an wollte ich unbedingt auch den Blues haben und brauchte eine eigene Gitarre. Obwohl ich schon siebzehn Jahre alt war, reichten meine Ersparnisse nicht aus. Also wünschte ich sie mir von meinen Eltern zu Weihnachten. Meine Eltern hatten uns gerade ein Haus gebaut und mussten sparen. Noch dazu meinte meine Mutter: „Des kenn i schon. Mein Bruader Sepp hat si als Jugendlicher a Ziehharmonika gwünscht und oane zu Weihnachten kriagt. Dann is er mit der Ziehharmonika laut spielend oamoi vom Wohnzimmer in die Küche marschiert und aus wars. Seither hat er die Ziehharmonika nia mehr angrührt." Es war eine Schande, dass ich wegen dieses musikalischen Versagens meines Onkels Sepp nun keine Gitarre bekommen sollte. Ich gab nicht auf und machte neben meinen Eltern ununterbrochen Bewegungen mit den Händen, die ein besonders intensives Gitarrespiel imitierten und mich in ihren Augen wie einen Verrückten aussehen ließen. Im Spätherbst hatte ich meinen Vater durch diese Technik des „Luftgitarrespiels" überzeugt. Als Tischler überlegte er zwar kurz, selbst eine Gitarre zu bauen, doch dann fuhren wir ins Musikgeschäft Hofer nach Saalfelden, wo mein Vater ein einfaches Modell aus der Deutschen Demokratischen Republik für mich kaufte. Der Herr Hofer wusste genau, was gut für mich war, denn die Gitarre lag bestens in meinen Händen. Da ich sie jedoch erst als Weihnachtsgeschenk bekommen sollte, versteckte sie meine Mutter im Haus. Ich fand sie immer wieder, in einem Wäscheschrank, auf dem Dachboden, unter einem Bett und spielte in jeder freien Minute darauf, wenn ich allein zu Hause war. Als am Weihnachtsfest die Gitarre dann für mich unter dem Christbaum lag, konnte ich bereits „Stille Nacht" darauf spielen. Da ich das Lied jedoch als Blues und in einer Tonart spielte, zu der niemand aus meiner Familie singen konnte, war jedem klar, dass ich vom Gitarrespielen noch keine Ahnung hatte und nur ungelenk auf dem Instrument herumzupfte. Ich spielte ununterbrochen dieselben drei Akkorde. Und auch als meine Mutter wiederholt vermutete, dass es bei mir so sein werde wie seinerzeit beim Onkel Sepp, hörte ich nicht auf.

Dieses Weihnachtsgeschenk war sicher das folgenreichste in meinem Leben. Denn von nun an wollte ich nichts anderes mehr als Gitarre spielen. Ich brauchte keinen Lehrer, denn ich hatte den Stadler Hubsi mit seinen Akkorden von „The House of the Rising Sun" und den Wenisch Christian, der mir zeigte, was sonst noch wichtig war: den Blues. Meine Mutter hatte Angst, dass ich in der achten Klasse Gymnasium mit bevorstehender Matura das Lernen für die Schule vernachlässigen würde. Sie hatte Recht. Deshalb versteckte sie die Gitarre immer wieder, doch ist eine Gitarre ob ihrer Größe leichter zu finden als zum Beispiel eine Blockflöte. Außerdem kannte ich ihre geheimen Verstecke bereits aus der Vorweihnachtszeit. Es war wie eine Sucht. Als meine Eltern eines Tages früher als erwartet nach Hause kamen, erwischten sie mich mit der Gitarre, vertieft in den Blues. Meine Mutter sagte: „I kenn mi aus!" Das sagte sie immer, wenn ich etwas angestellt hatte, ohne zu erklären, wobei sie sich auskannte. Ich musste versprechen, nun wieder für die Schule zu lernen und das Gitarrespielen zu unterlassen. Dieses Versprechen konnte ich nicht lange halten, der Blues war stärker. Mit den Worten „Wirst schon sehn, wohin des noch führt" gab es meine Mutter schließlich auf, die Gitarre zu verstecken. Und mit schlechtem Gewissen spielte ich weiter.

Seither habe ich viele Lieder zur Gitarre gelernt, Leute damit unterhalten, bin oft erfolgreich auf einer Bühne gestanden und verdiene damit sogar Geld. Ein großer

Gitarrist wurde ich nie, aber ein glücklicher. Manchmal denke ich, dass dabei wohl auch das Christkind seine Hand im Spiel gehabt haben muss. Und manchmal, wenn ich in meinem Zimmer sitze, in das Spiel der Gitarre vertieft, und unvermutet kommt jemand herein, dann schrecke ich zusammen, so als ob ich gerade etwas Verbotenes getan hätte.

Und wenn mir heute das Christkind etwas Notwendiges wie Hemden oder Socken schenkt, so ist mir das egal, denn ich habe immer noch meine erste Gitarre, notwendig wie eh und je.

Oanachtler

Wenn auf dem Balkon der Frühstückspension meiner Großmutter gut sichtbar das Schild „Zimmer frei" hing, war klar, was das bedeutete. Dann kamen Urlauber, damals im ganzen Innergebirg allgemein „Fremde" genannt, an die Haustür und fragten nach einer Übernachtungsmöglichkeit. Doch manchmal sagte ihnen meine Großmutter trotz des einladenden Schildes: „Wir habn nix frei." „Aber", sagte ein deutscher Fremder, dessen Familie sehnsüchtig im Auto wartete, aufgebracht, „da oben steht doch, dass hier etwas frei ist." Meine Großmutter antwortete: „Wenn i sag, dass nix frei is, dann is nix frei, ganz egal, was da oben steht." „Sie werden noch von mir hören!", schimpfte der Deutsche. „Das kommt in die Bild-Zeitung!" Mit der Bild-Zeitung drohten die deutschen Urlaubsgäste immer, wenn ihnen etwas nicht passte, sodass ich anfänglich den Eindruck hatte, bei ihnen handele es sich allesamt um Mitarbeiter dieser Zeitung.

Meine Großmutter sagte zu mir, nachdem der wütende Urlauber mit seiner enttäuschten Familie weitergezogen war, um vor einem anderen Schild mit der Aufschrift „Zimmer frei" zu seinem Recht zu kommen: „Oanachtler nimm i nit."

Oanachtler sind Menschen, die nur eine Nacht bleiben wollen, wofür sich der ganze Aufwand des Bettwäschewechselns und Zimmerputzens nicht lohnt. Also lässt man sie erst gar nicht ins Haus. Weil ich diese Hintergründe des Verhältnisses von Kosten und Nutzen als Volksschüler noch nicht verstand, hatten Oanachtler allein schon vom Klang des Wortes her für mich immer etwas Unangenehmes, etwas Verdächtiges, fast schon Kriminelles an sich. Und als ich einmal im Radio den Schlager „Der lachende Vagabund" hörte und mir mein Vater erklärte, dass Vagabunden Menschen ohne festen Wohnsitz sind, die unstet von einem Ort zum anderen ziehen, war für mich klar, dass diese Oanachtler, die von meiner Großmutter abgelehnt wurden, solche Leute sein mussten.

Jeder urlaubende Fremde hatte einen Meldeschein auszufüllen, der vom Zimmervermieter bei der Kurverwaltung, sozusagen dem örtlichen Fremdenmeldeamt, abzugeben war. Pro Gast und pro Übernachtung musste ein gewisser Betrag an Kurtaxe bezahlt werden. Der Vermieter hatte bei der Kurverwaltung im Voraus mehrfarbige, briefmarkenförmige Papierstreifen zu kaufen, die auf den unteren Teil des Meldescheins geklebt wurden. Je nach Farbe gab es Marken zu zwanzig und fünfzig Groschen, zu einem, zwei, fünf und sogar zu zehn Schilling für größere Familien, die länger blieben. Ich hatte die ehrenvolle Aufgabe, die Marken auf die Meldescheine zu kleben, die Meldescheine zur Kurverwaltung zu tragen und dort auch je nach Bedarf mehr oder weniger neue Kurtaxemarken nachzukaufen.

„Des mach i dann schon!", sagte meine Großmutter zu den Gästen, wenn sie beim Ausfüllen des Meldescheins nicht nur das Datum der Ankunft, sondern auch gleich das der Abreise eintragen wollten. Manche Gäste, vor allem die Deutschen, wollten es sich nicht nehmen lassen, schon bei der Ankunft den Abreisetag auf dem Schein einzutragen, da sie plangemäß wussten, wann sie wieder abreisen würden. Dann sagte meine Großmutter: „Und wenn Sie doch länger bleiben, dann muass ma des auf dem Meldeschein ausbessern, dann gibt des a Schmiererei. Des mag die Kurverwaltung nit, und i bin die Blede." Und die Blöde wollte sie absolut nicht sein.

Aufgrund der Tatsache, dass nur meine Großmutter und sonst niemand das Abreisedatum auf den Meldescheinen ausfüllte, hatte sie die Möglichkeit, immer weniger Übernachtungen einzutragen, als es in Wirklichkeit waren. Dadurch sparte sie sich einiges an Kurtaxe. Als Zuständiger für das Kleben der Kurtaxemarken wurde ich in dieses System der sozialen Ausgabenminimierung eingeweiht. Ich hatte keinerlei Zweifel daran, dass daran etwas nicht in Ordnung sein könnte, denn meine Großmutter meinte: „Des is so üblich, des machen alle, sogar die Gastwirt, Hotelbesitzer und Pfarrgemeinderatsmitglieder." Ich war stolz, mit meiner Großmutter in einer Art Geheimbund zu sein, der den Zweck hatte, die bescheidenen Einkünfte beim Vermieten von Fremdenzimmern ordnungsgemäß und natürlich aufzubessern.
„Aber du derfst mit neamd drüber redn, was wir da tuan, schon gar nit mit der Frau bei der Kurverwal-

tung", ermahnte mich meine Großmutter. „Weil die schaut eh dauernd so siebensiaß drein." Von da an bemerkte ich an der mir bisher sympathischen Frau von der Kurverwaltung einen Blick, der mir nicht ganz geheuer war. Siebensüß, was immer das auch bedeutete. Und wenn ich die Meldescheine mit den bewusst geklebten Marken zur Kurverwaltung brachte und mich die angeblich siebensüße Frau dort freundlich grüßte und anlächelte, war mir ein wenig mulmig zumute. Doch ließ ich es mir nicht anmerken. Wahrscheinlich traute sie mir, einem unschuldigen Kind in kurzer Lederhose, eine Mittäterschaft bei eventuellen illegalen Machenschaften gar nicht zu. Einmal fragte mich diese Frau, warum denn die Gäste bei uns immer nur so kurze Zeit blieben. Ich schaute sie unverständig, aber treuherzig an und war froh, dass sie keine weiteren Fragen stellte, sondern meine Meldescheine ordnungsgemäß abstempelte. Von nun an kaufte ich nur Kurtaxemarken von geringem Wert, mit denen ich den halben Meldeschein zuklebte, damit er aussah, als sei besonders viel Kurtaxe bezahlt worden.

Einmal wollte ich das System verfeinern und sagte zu meiner Großmutter: „Wenn wir überhaupt auf die Meldescheine schreibn, dass die Fremden nur oa Nacht bleibn, dann sparen wir noch mehr Kurtaxe." „Des geht nit", antwortete meine Großmutter, „weil die Frau von der Kurverwaltung genau woaß, dass i koane Oanachtler nit nimm. Da miassen wir aufpassn und zwoa Übernachtungen mindestens bei jedem

Fremden hinschreibn." Das leuchtete mir ein. Gleichzeitig überlegte ich, ob die Aufnahme von Oanachtlern nicht doch einen gewissen wirtschaftlichen Sinn hätte, auch wenn sie seltsame Wesen waren, fremder als die Fremden.

Grundsätze der Kommunikation

Sagt ein Pinzgauer zu einem anderen Pinzgauer „wos sogga?" beziehungsweise nur „sogga?", dann interessiert ihn keineswegs, was jener sagen könnte. Denn „wos sogga?" ist im Pinzgau keine Frage, sondern eine Form der Begrüßung, wie „Grüß Gott" oder „Servus". Die Erwiderung auf diesen Gruß wäre dann korrekterweise „nit vü!", also „nicht viel!". Diese Form der Begrüßung ist übrigens von allen Innergebirglern hauptsächlich den Pinzgauern eigen.

„Wos sogga?" hat an sich eine rein männliche Form, denn „wos sogg sie?" gibt es nicht, obwohl der Gruß auch für Frauen in gleicher Weise gilt. Man kann also auch eine Frau mit „wos sogga?" begrüßen, ohne dass diese sich darüber wundert. Sogar Frauen untereinander verwenden diese Begrüßungsformel ganz automatisch, die somit auf gleicher Stufe mit dem angloamerikanischen „you guys" steht, ein weit verbreiteter Zusatz zu einer Anrede oder Frage, die gleichermaßen Männer wie Frauen meint, wobei das Wort „guys" ursprünglich nur Männer bezeichnet. Die Frage „What are you guys doing?" kann sich also auch an Frauen richten. In der Sprache der Jugend hat sich heutzutage ein „Ba, Oida!" als Ausdruck eines zustimmenden Erstaunens durchgesetzt. Das ist die Anrede einer Person, der man eine gewisse Anerkennung zuteil werden lässt, egal ob Mann oder Frau. Denn eine weibliche Form wie etwa „Ba, Oide!" wird nicht verwendet.

Neben dem geläufigen Gruß „wos sogga?" ist auch ein anderer Gruß sehr weit verbreitet, das beliebte und unverbindliche „O". Dieser Gruß, der am ehesten einem „hallo" gleich kommt, eignet sich besonders dann, wenn man den zu Grüßenden zwar kennt, seinen Namen aber vergessen hat. Dieses „O" kommt möglicherweise aus der Sprache der Bantu in Südwestafrika und bedeutet „das ist". Okavango, der große Fluss in Botswana, heißt übersetzt „das ist Kavango." Die innergebirglerische Begrüßung „O, der Ding!" bedeutet demnach „Das ist der Ding". Der Titel des Weihnachtsliedes „O Tannenbaum" hat damit aber nichts zu tun.

Die Annäherung an einen Fremden hingegen geht etwas umfangreicher vor sich. Kommt ein Innergebirgler in einem Wirtshaus neben einem Fremden zu stehen oder zu sitzen und möchte nach ein bis zwei Stunden des Schweigens ein Gespräch mit ihm anfangen, so eignet sich folgender spontane Satz zur Kontaktaufnahme: „Jo, redst hiatz nix mehr mit mir?" Der Fremde, auch wenn er diesen Satz nicht verstanden hat, merkt sofort, dass er es hier mit einer höheren Form der Kommunikation zu tun hat. Er wird alles daran setzen, um künftig freundlich und gesprächsbereit zu wirken.

Sprache verändert sich im Lauf der Zeit. Bei alltäglichen Umgangsformen ist eine Tendenz zur Vereinfachung festzustellen. So wird zum Beispiel im Innergebirg „das Schwein", sofern man es für Personen verwendet, vermännlicht und einem Freund mit „Der alte Schwein!" die Sympathie bekundet. Der Innergebirgler war schon seit jeher bestrebt, im Bereich der menschlichen Kommunikation überflüssige Strukturen und Wörter zu vermeiden und zu einer logischen Einfachheit zu gelangen. Gern reduziert er, abgesehen von den verhältnismäßig komplexen Begrüßungsformeln, die globale Kommunikation überhaupt auf die zwei Begriffe: „jo mei" und „jo eh". Damit ist meist schon sehr viel gesagt, außerdem spart man Energie, die woanders wieder gewinnbringend eingesetzt werden kann. Die Innergebirgler waren anderen eben schon immer voraus, was eine Ressourcen schonende Kommunikation betrifft. Fragt man einen Innergebirgler, ob er außer „jo mei" und „jo eh" auch noch etwas anderes sagen kann, so meint er höflich „jo schon" und betrachtet die Sache als erledigt.

Lediglich die Aneinanderreihung gewisser Konsonanten in manchen Wörtern wird nicht noch mehr reduziert, sondern sogar erweitert, um eine bequemere Aussprache zu ermöglichen. So sagt der Pinzgauer zu einem Mann mit einem schwarzen Bart „a schwoschzbouschterter Nox" und zu einem Mädchen mit liebreizendem Wesen „a gschtiaschte Möitz", frei nach dem Sprichwort „A guats Wouscht findt sein Ouscht", ein gutes Wort findet seinen Ort, es kommt also überall gut an. Das bestätigte auch Kirstin, die aus Dänemark eingewanderte Wirtin des Waldgasthauses „Köhlergraben" in der Schmitten in Zell am See, wenn ein einheimischer Gast ein Viertel Wein bei ihr bestellte und sagte: „Kiaschtin, Wiaschtin, no a Viaschtei!"

Bei der Annäherung eines Mannes an eine Frau, beim sogenannten Anbandeln, ist es oft von Vorteil, den Weg der ganz einfachen Kommunikation zu verlassen und sich etwas beredter zu geben. Schließlich geht es auf lange Sicht gesehen um die Erhaltung der Art. Das haben auch die Innergebirgler erkannt. Folgender geläufiger Satz hat sich hierbei seit Jahrhunderten bewährt: „Mir zwoa, ha woi, moanst nit a, ha nit?" Erweiterbar wäre dieser Satz bei Bedarf noch durch: „Mir zwoa, eppa woi, ha gu?" Damit ist alles gesagt und vieles geklärt. Nach einer längeren Zeit des Zusammenlebens setzt sich aber gern wieder die Tendenz zur Vereinfachung durch und man beschränkt sich auf das bewährte „jo mei" und „jo eh".

In einem Chinarestaurant des Innergebirgs arbeitete die Chinesin Mai, in die sich der Schmiederer Rudi verliebte. Auch sie gestand ihm ihre Liebe und sagte „wo ai ni", was auf Chinesisch „Ich liebe dich" bedeutet. Der Schmiederer Rudi verstand „wo eini?" und war überrascht, dass die Chinesen in Liebesangelegenheiten gleich nach dem Eingang fragen.

Von einer besonderen Form der innergebirglerischen Kommunikation erzählte mir der Fuschelberger Peter, ein gebürtiger Pongauer. Als seine Großmutter Mitzi in ihrem Haus in Bischofshofen einen Telefonanschluss bekam, wurde sie zur Kommunikationszentrale für die auf den Hängen oberhalb des Ortes lebenden Bauern. Wichtige Nachrichten für die Bergbauern gingen bei ihr telefonisch ein. Der sechsjährige Peter hatte daraufhin die Aufgabe, mit diesen Nachrichten zu den Bergbauernhöfen hinaufzugehen. Er war auf diese verantwortungsvolle Tätigkeit sehr stolz und wurde stets mit Käse, Wurst und Brot oder mit hervorragenden Buchteln für seine Mühe belohnt.

Als die Tochter der Gold Anni, Nachbarin des Asten-Bauern neben der Paul-Außerleitner-Sprungschanze, in Schwarzach im Krankenhaus lag, um ihr erstes Kind zur Welt zu bringen, wollte es die Gold Anni nicht erwarten, dass der Peter den Weg zu ihr hinauf machen könnte, um die Nachricht zu überbringen, was es bei ihrer Tochter abgegeben hatte. „Es hat was abgebn" bedeutet im Pinzgau und im Pongau, dass ein Kind geboren wurde. Also vereinbarten die Mitzi und die Anni, dass die Mitzi sofort nach Eintreffen der Nachricht ein Leintuch aus ihrem Schlafzimmerfenster hängen sollte, das vom Haus der Anni aus sichtbar sei, ein weißes Leintuch für einen Buben, ein buntes Leintuch für ein Mädchen. Es war ein Mädchen, doch fand sich im Haus der Mitzi kein buntes Leintuch, sodass sie ein weißes Leintuch, auf das sie bunte Kleidungsstücke heftete, zu Hilfe nahm. Als der Peter am nächsten Tag mit dem Bericht über die Geburt zur Gold Anni hinauf stieg, bekam er von ihr ein kariertes Tischtuch ausgehändigt, denn: „Wenns bei meiner Tochter wieder amoi a Dirndl abgibt, dann brauchts neama extra was zsammschuastern."

Vor kurzem saß ich mit dem Messner Fritz, einem Innergebirgler aus dem Lungau, beim Postwirt in Maishofen. Da hörte der Messner Fritz, wie neben uns eine Pinzgauerin zur anderen sagte, dass es bei ihrer Nachbarin ein Butzerl abgegeben hatte. Er glaubte, dass hier ein Kind abgegeben, also weggelegt wurde und war entsetzt über derartige Pinzgauer Gebräuche. Das zeigt wieder einmal die eklatanten sprachlichen Unterschiede von einem Eck des Innergebirgs zum anderen, auf die hier jedoch nicht näher eingegangen werden soll.

Wurzenmax

Seinen richtigen Namen kannte keiner, er nannte sich „Wurzenmax", stand den ganzen Tag auf den Spazierwegen am Ufer des Zeller Sees in der Nähe der Bootsvermietung Kern und versuchte, Heilwurzeln an Vorübergehende zu verkaufen. „Enzian, Meisterwurz, Zwiderwurzen!", rief er den Leuten zu. Der gelbe Enzian wirkt bei Verdauungsbeschwerden und bei kalten Füßen, Meisterwurz hilft gegen alles, Zwiderwurzen sollten laut Wurzenmax streitsüchtige Frauen beruhigen. Das Geheimnis, von welcher Pflanze diese seltene Wurzel stammt, gab der Wurzenmax sein Leben lang nie preis. Nur wenige Leute kauften ihm seine Wurzeln ab, die er auf den Almwiesen sammelte und in einem speckigen alten Rucksack mit sich herumtrug, am ehesten deutsche Touristen, die anscheinend jede Besonderheit unserer Gegend brauchen konnten, um sie als Souvenir mit nach Hause zu nehmen. Sie waren es auch, die den Wurzenmax gern fotografierten, wobei er dann immer den Daumen und den Zeigefinger aneinander rieb, eine Geste, die andeutete, dass man für das Foto zu bezahlen hatte. Der Wurzenmax gilt somit wahrscheinlich als erstes professionelles Fotomodell des Innergebirgs.

Der Wurzenmax war ein kleiner Mann mit weißlich gelben, langen, struppigen Haaren, einem ebensolchen Bart und stets gerötetem Gesicht, ein Landstreicher ohne festen Wohnsitz, ein an den Ufern der

Gesellschaft Gestrandeter. Die Nächte verbrachte er im Sommer irgendwo am Seeufer oder in der öffentlichen Toilette neben dem Kiosk gegenüber der Bootsvermietung Kern. Zu Beginn der kalten Jahreszeit meldete er sich beim Postenkommando der Gendarmerie mit den Worten: „Ich bin a ausgfuchster Gauner, a richtiger Pinzgauner, der sofort eingsperrt ghört." Dann wurde er für einige Zeit im Gemeindegefängnis versorgt. Von seinem Leben erzählte er nicht viel, er kam irgendwann von irgendwoher nach Zell am See und ging nun als Wurzelverkäufer und Bettler seinen bescheidenen Geschäften nach. Barmherzige Mitbürger gaben ihm ein paar Groschen, manchmal auch einen Schilling. Oft bat er um Geld für Schnaps, den er dringend brauchte, um die Wurzeln in ihm nicht vertrocknen zu lassen.

Ich war vier oder fünf Jahre alt, als mich mein Vater auf den Wurzenmax aufmerksam machte, der neben dem Bahnschranken beim Kiosk stand und versuchte, die Leute für seine Wurzeln zu interessieren. „Enzian, Meisterwurz, Zwiderwurzen!", rief er immer wieder. „Des is a großer Zauberer", sagte mein Vater, holte aus seiner Geldbörse einen Schilling und deutete mir, diesen Schilling dem Wurzenmax zu geben. „Der kann den Schilling verzaubern", sagte mein Vater. Ich hatte noch nie einen echten Zauberer gesehen und streckte ihm voll Erwartung meinen Schilling entgegen. Der Wurzenmax nahm die Münze, steckte sie blitzschnell in seinen Mund, dann war sie weg. „Und jetzt wieder herzaubern", sagte ich. „Geld herzaubern kann i nit", sagte der Wurzenmax", „nur wegzaubern". Erst schaute ich betroffen, dann verzog ich das Gesicht und begann um meinen verlorenen Schilling zu weinen. Mein Vater beugte sich zu mir herunter, nahm mich in den Arm und flüsterte mir ins Ohr: „Schau her!" Und ich sah den Schilling in der Hand meines Vaters. Der Wurzenmax lächelte zufrieden zu uns herüber, ich blickte triumphierend zu ihm hin und sagte: „Mein Vater is a viel größerer Zauberer wia du. Er kann Geld herzaubern."

Durch welche Zauberei die Münze vom Wurzenmax in die Hand meines Vaters gekommen war, hatte in diesem Augenblick keine Bedeutung, denn man muss nicht alles erklären können, daher auch nicht, dass mein Vater zwei Schillingmünzen eingesetzt hatte. Stolz ging ich mit dem Schilling im Hosensack an der Hand meines Vaters weiter, mit dem großen Gefühl von unendlichem Glück, ohne zu wissen, dass ich gerade gelernt hatte, an die Magie des Lebens zu glauben.

Herrn Kyselaks Alpenreise

Der Fürstaller Sepp sah aus wie ein verwitterter Baumstamm, aus dem ein freundliches Gesicht blickt. Er lebte für den Berg, war Bergbauer, Bergretter und Bergführer. Er sprach ganz gut Englisch und führte immer wieder Gäste aus Großbritannien auf die Gipfel des Innergebirgs. Wenn er ihnen auf der Spitze des Wiesbachhorns die umliegenden Berge mit Namen nannte, das Kitzsteinhorn, das Imbachhorn, weiter weg das Breithorn, das Persailhorn und das Birnhorn, dann fügte er angesichts so vieler Hörner gern hinzu: „We live in a horny country." Er wusste, dass dieser Satz die englischen Gäste peinlich belustigte, denn „horny" bedeutet „gamsig".

Auch im Alter von achtzig Jahren stieg er noch auf hohe Berge, sein liebstes Gebirge war seit jeher das Steinerne Meer, wo er jeden auch noch so unwegsamen Steig, jeden Felsen und jeden Zacken kannte. Ich traf ihn an einem Abend im Oktober im Gasthof Hindenburg in Saalfelden.

„Vorige Woche war i auf dem Hundstod", sagte er zu mir. „Da bin i wo herumkraxelt, wo i überhaupt noch nia war. Und stell dir vor, was i dort gsehn hab."

„Was?", fragte ich.

„So was wia a Schrift auf einer Felsplattn", antwortete er. Und nach mehrmaligem Nachfragen meinte er, ein paar seltsame schwarze, verwaschene Buchstaben gesehen zu haben. „Da warn a paar K, a fremdes Y, a S und noch was."

Nach einigem Nachdenken rief ich „Kyselak!", bat die Kellnerin um einen Kugelschreiber und schrieb das Wort KYSELAK in Großbuchstaben auf einen Bierdeckel. „Des mag stimmen", sagte der Fürstaller Sepp und bestellte uns noch ein Bier.

Joseph Kyselak wurde um das Jahr 1795 in Wien auf dem Spittelberg geboren und starb im Oktober 1831 in Wien an der Cholera. Er war k. u. k. Hofbeamter, darüber hinaus ein großer Freund der Natur und ein begeisterter Wanderer. Im Jahr 1825 unternahm er ausgedehnte Wanderungen durch die österreichischen Alpen, die ihn über die Steiermark, Kärnten und Salzburg auch in den Pinzgau führten, den er von Berchtesgaden aus über den Königssee und das Steinerne Meer erreichte. Dabei bestieg er auch den Großen Hundstod.

Kyselak gilt als erster namentlich bekannter Graffiti-Künstler, denn er hatte die Angewohnheit, wohin er kam, sogar an schwer zugänglichen Stellen wie auf Felswänden und Kirchtürmen, weithin sichtbar seinen Namenszug in schwarzer Ölfarbe zu verewigen. Eine Anekdote berichtet, dass er damit aus Rache an seiner untreuen Geliebten erreichen wollte, dass sie überall, wohin sie komme, von seinem gemalten Namen verfolgt werde. Diese immer dreister werdende Angewohnheit, überall seinen Namen zu hinterlassen, blieb natürlich auch den österreichischen Behörden nicht verborgen. Kaiser Franz I. bestellte Joseph Kyselak zu sich, um ihn wegen dieses Unfugs zurechtzuweisen. Kyselak gelobte Besserung, aber zwei Tage später fanden Bedienstete Kyselaks Namen und das Datum der Audienz im Schreibtisch der Kaisers eingraviert.

„Wenn du wirklich den Namen Kyselak dort oben gfunden hast", sagte ich zum Fürstaller Sepp, „dann is des a Sensation! Dann hat sich der bei uns im Steinernen Meer vor fast zweihundert Jahr verewigt."
„I hab mir ja glei denkt, dass du als Studierter mit die Buchstaben was anfangen kannst", sagte der Fürstaller Sepp. „Also! Übermorgn gehn wir auf den Hundstod, dann zoag i dir des."

Übermorgen regnete es in Strömen, es folgte ein Wettersturz mit Schneefall bis in die Niederungen. An eine Wanderung auf den Hundstod war nicht zu denken. Dann kam der Winter, schneereich und lang. Und im darauf folgenden Frühling wachte der Fürstaller Sepp eines Morgens nicht mehr auf. Er starb mit einem Lächeln auf seinem verwitterten Baumstammgesicht und ließ das horny country hinter sich. Seither war ich mehrmals im Gebiet des Großen Hundstods, suchte die Felsen ab, kletterte an unzugänglichen Stellen herum, drehte Felsplatten hin und her, aber von Joseph Kyselak fand ich bis heute keine Spur.

Unser kleines deutsches Eck

Von der Landeshauptstadt Salzburg führen zwei Haupt-
straßen in den Pinzgau, eine durch das Salzachtal, die
andere durch das Saalachtal. Beim Weg durch das Salzachtal bleibt man auf österreichischem Staatsgebiet,
bei jenem durch das Saalachtal muss man ein Stück
durch das Bundesland Bayern, also durch die Bundesrepublik Deutschland. Dieses Stück heißt das „kleine deutsche Eck". Man verlässt Österreich am Wal-
serberg in der Nähe der Stadt Salzburg und kommt
nach ungefähr zwanzig Minuten Fahrt mit dem Auto
am Steinpass wieder nach Österreich zurück, in den
Pinzgau. Direkt am Steinpass befand sich vor kurzem
noch das Etablissement „Lupanar" mit der von der
Straße aus gut sichtbaren Tafel „Quickie € 80,-". Früher war dort eine Grenzstation mit einem Zollhaus.

Für den Weg über das kleine deutsche Eck benötigte man bis kurz nach dem Beitritt Österreichs zur Europäischen Union am 1. Jänner 1995 einen gültigen Reisepass oder einen Personalausweis, den man an beiden Grenzen vorweisen musste. Bei der Ausreise aus Österreich kontrollierten die bayrischen Zöllner besonders genau, ob sich auf dem Auto neben der hinteren Nummerntafel der vorgeschriebene Aufkleber mit dem österreichischen Nationalitätskennzeichen „A" befand. „Wo habn denn Sie Ihr A?", fragten sie dann, wobei das „A" in bayrischer Mundart fast so klang wie ein „O", was nicht immer von jedem Österreicher, besonders von jenen aus dem Osten, immer sofort als „A" identifiziert werden konnte. Fehlte das „A", so musste man es sich an der Grenze kaufen und neben die hintere Nummerntafel auf das Blech des Autos kleben. Diesen Aufkleber bekam man üblicherweise von Versicherungen und Autofahrerclubs geschenkt. Hier an der Grenze nutzten die Grenzorgane die Notsituation des Autofahrers aus und verlangten dafür einen stolzen Preis. Das „A" gab es in verschiedenen Größen, die Bayern hatten jedoch stets nur die größte Ausführung auf Lager. „Das wären dann drei Mark achtzig", sagte der Grenzpolizist im traditionellen bayrischen Konjunktiv, der keinen Verhandlungsspielraum zulässt.

Heute ist das Nationalitätskennzeichen direkt auf der Nummerntafel neben der Autonummer eingestanzt, sodass man sich das Aufkleben des „A" erspart.

Hatte man als Österreicher für die Durchfahrt aus dem Pinzgau in die Stadt Salzburg, die vor allem für die nördlich von Zell am See wohnenden Pinzgauer wesentlich kürzer ist als die Fahrt durch das Salzachtal, einmal seinen Reisepass vergessen, so konnte man sich an der einen Grenze einen sogenannten Ausflugsschein besorgen, der dann an der anderen Grenze abgestempelt werden musste. Mein Kollege Christoph Raphaelis, der als Deutscher mit griechischem Migrationshintergrund vom kleinen deutschen Eck keine Ahnung hatte, fuhr einmal mit mir in den Pinzgau, um mich dort bei einem Kabarettauftritt mit Kontrabass und Querflöte zu begleiten. In Salzburg fragte ich ihn beim Einsteigen in das Auto: „Hast du eh deinen Pass dabei?" Er sagte leicht verwundert: „Ja, sicher". An der Grenze stellte sich heraus, dass er natürlich keinen Reisepass, sondern nur seinen groß und unförmig im Auto liegenden Kontrabass bei sich hatte. Mit Hilfe eines Ausflugsscheins haben wir es dann fast pünktlich zu unserem Auftritt geschafft.

Als in den Siebzigerjahren die Bundesrepublik Deutschland von einer Welle des Terrorismus erschüttert wurde, verhärteten sich die Kontrollen an der deutschen Grenze. Bisher war es nicht üblich, von den deutschen Grenzern einen Stempel für den Grenzübertritt in den Reisepass zu bekommen, sie winkten, nachdem sie sich mit geübtem Blick von der Anwesenheit eines aufgeklebten „A" überzeugt hatten, die Autos meistens einfach nur durch. Nun aber war einiges anders. Österreicher, die den Grenzorganen aus irgendeinem Grund verdächtig erschienen, bekamen von ihnen einen Einreisestempel links oben auf die letzte Seite des Reisepasses verpasst. Inhaber eines solchen Reisepasses wurden dann besonders sorgfältig kontrolliert. Ich gehörte seit dem für mich bis heute nicht nachvollziehbaren Stempel vom 18. Mai 1975 leider auch zu diesen Verdächtigen und musste von nun an bei jedem Grenzübertritt mehr Zeit als üblich einplanen. Aus Protest gegen diese unverständliche Schikane platzierte ich in Zell am See nach mehrstündigen Diskussionen am Stammtisch neben dem schwarzblauen deutschen Grenzstempel den grünen Stempel des Waldgasthauses „Köhlergraben". Diese Platzierung kostete mich wegen des Verdachts auf Urkundenfälschung und eingehender Überprüfung meiner Person nun durchschnittlich ein bis zwei Stunden pro Grenzübertritt. Bis zur Ausstellung eines neuen Reisepasses zog ich es deshalb vor, den längeren, aber de facto kürzeren Weg durch das Salzachtal zu nehmen.

Viele Produkte, besonders elektronische Geräte, waren damals in Deutschland um einiges billiger als in Österreich. Also war es für uns Grenzbewohner verführerisch, solche Geräte in Deutschland zu kaufen und nach Österreich zu importieren. Die versierten österreichischen Zöllner kontrollierten zwar die österreichischen Fahrzeuge, ließen sich sogar die Kofferräume öffnen, um nach geschmuggelter Ware zu suchen, entdeckten aber natürlich nur einen Bruchteil dessen, was von den Profis des Grenzgängertums von Deutschland nach Österreich eingeführt wurde. Für die Grenzgänger der Stadt Salzburg bot sich der stark frequentierte und durch eine Buslinie der Salzburger Stadtwerke unterstützte Übergang an der Saalachbrücke nach Freilassing an. Im Herbst des Jahres 1984 wollte ich unbedingt das Buch „Holzfällen" von Thomas Bernhard erwerben. Dieses soeben erschienene Buch war nach der Klage eines darin unschmeichelhaft beschriebenen Kärntners in Österreich zensiert und konnte somit weder gekauft noch ausgeliehen werden. In Deutschland war das nicht der Fall. Ich musste also ins Ausland fahren. Bei diesem Anlass ließ ich mich dazu verleiten, in Freilassing einen japanischen Hi-Fi Kassettenrekorder im Wert von 524,80 D-Mark zu kaufen und gemeinsam mit dem Buch über die Grenze nach Österreich zu transportieren. Da ich für den Grenzübertritt vorausschauend meinen einjährigen Sohn Peter auf dem Rücksitz des Autos platziert hatte, galt ich als nicht verdächtig und wurde nicht kontrolliert.

Mehr als sechs Jahre später, am 28. Jänner 1991, an meinem siebenunddreißigsten Geburtstag, läutete es bei mir zu Hause in Salzburg. Ich freute mich auf eine Geburtstagsüberraschung und öffnete die Tür. Zwei Beamte der österreichischen Zollfahndung standen da und begehrten Eintritt. Sie legten mir die Durchschrift der Rechnung über den vor fast sieben Jahren gekauften Kassettenrekorder vor und fragten mich nach den dazugehörigen Zollpapieren. Die konnte ich aus einschlägigem Grund natürlich nicht vorweisen. Auf meine Frage, wie denn die Behörde in den Besitz dieser Rechnung gekommen wäre, antwortete der Zollbeamte freundlich: „Die deutsche Firma in Freilassing, bei der Sie das Gerät gekauft haben, hat einen älteren Angestellten entlassen. Wegen der seiner Meinung nach ungerechtfertigten Entlassung, quasi aus Hass auf seinen Chef und um den Ruf der Firma faktisch und praktisch zu schädigen, hat daraufhin dieser Angestellte einen Teil der Rechnungen der letzten Jahre aus dem Keller der Firma entwendet und der österreichischen Zollfahndung übergeben. Wir prüfen nun, ob die Inhaber dieser Rechnungen die gekauften Geräte auch ordnungsgemäß verzollt haben. Insgesamt handelt es sich dabei um über achtzig Prüfungsaufträge.“

Da ich laut späterem Bescheid der Behörde „über eine einfuhrzollpflichtige, zollhängige Ware erstmalig vorschriftswidrig so verfügt habe, als hätte sie sich im freien Verkehr befunden", wurde mir eine Abgabenschuld von 3.036,- Schilling amtlich vorgeschrieben, die ich mittels Erlagschein zu begleichen hatte.

Ich besitze den in Deutschland gekauften und nach Österreich eingeführten japanischen Kassettenrekorder, inzwischen museumsreif, noch immer, ebenso wie den längst abgelaufenen Reisepass mit den beiden Stempeln auf der letzten Seite. Und wenn ich heute über das kleine deutsche Eck in den Pinzgau fahre, denke ich manchmal an die Tag und Nacht kontrollierenden Grenzorgane in ihren Uniformen und daran, wie umständlich manche Wege sein können, wie unveränderlich sie erscheinen.

„Sie sind übrigens der erste, den wir prüfen", sagte mir damals der österreichische Zollbeamte nach Vorlage der Rechnung. Die ersten werden die letzten sein, heißt es in der Bibel. Das traf in meinem Fall zwar zu, aber sicher nicht so, wie es eigentlich gemeint war. Denn ich glaube nicht, dass die Behörde damals alle Inhaber dieser Rechnungen überprüft hat, wo doch in Hinblick auf den späteren Beitritt Österreichs zur Europäischen Union und die Auflösung der Grenzen ohnehin schon alles hinfällig zu werden begann. Ich war der erste, der zahlen musste, vielleicht auch der einzige, habe mich damals darüber geärgert und denke mir heute, es war ein Geburtstagsgeschenk der besonderen Art. Denn jetzt kann ich eine Geschichte erzählen, die mehr wert ist als der behördliche Aufpreis für einen Kassettenrekorder aus dem letzten Jahrhundert.

1 Euro = 13, 7603 österreichische Schilling
1 Deutsche Mark (D-Mark) = 7 österreichische Schilling
1 Euro = ziemlich genau 2 D-Mark
Anlässlich der Einführung des Euro am 1. Jänner 2002 ging das Gerücht um, dass der europäische Berechnungskurs des Euro so gestaltet wurde, damit den Deutschen die Umrechnung der D-Mark auf den Euro mit 2 zu 1 erleichtert werde.

32

Schwein gehabt

Der Deutinger Hans war der Sohn eines Bauern in Taxenbach. Sein älterer Bruder Sepp sollte einmal den Hof übernehmen, dem Hans schlugen die Eltern vor, Maurer zu werden. Er machte eine Maurerlehre bei einer Bischofshofner Baufirma und kam anschließend nach Salzburg, um dort als Pionier seinen Präsenzdienst beim Bundesheer abzuleisten. Als er eines Abends am Bahnhof in Schwarzach auf den Zug nach Taxenbach wartete, sah er ein Plakat des Innenministeriums, das für den Beruf des Gendarmen warb. Der Deutinger Hans meldete sich am darauf folgenden Tag beim Postenkommando in Taxenbach, wo man ihm auftrug, sich an das Landesgendarmeriekommando in Salzburg zu wenden. „Jetzt bin i wegn dem Bundesheer schon so oft nach Salzburg gfahrn, da kommts auf das oane Mal a neama an", sagte er, fuhr los und wünschte sich, bald Gendarm in Taxenbach zu sein, womöglich später sogar Postenkommandant in seiner Heimatgemeinde.

Diese Fahrt nach Salzburg war sehr erfolgreich, denn der Deutinger Hans wurde als Polizeischüler aufgenommen. Er besuchte die Polizeischule am Rudolfsplatz in Salzburg, eine Art Kaserne, wo die Schüler als provisorische Polizeiwachmänner während ihrer zweijährigen Ausbildung auch wohnen konnten und zu essen bekamen. Damals waren Gendarmerie und Polizei noch zwei getrennte Bereiche, die Polizei hieß am Land Gendarmerie, die Gendarmerie hieß in der Stadt Polizei. Seit der Zusammenlegung beider Bereiche im Jahr 2005 heißt es in Stadt und Land nur mehr Polizei. Der Deutinger Hans absolvierte die Dienstprüfung mit Auszeichnung, wollte Gendarm in Taxenbach im Pinzgau werden und wurde Polizist in der Stadt Salzburg. Das war im Jahr 1968.

Anlässlich des fünfzehnten Jahrestages der Unterzeichnung des österreichischen Staatsvertrags wurde am Vortag, das war der 14. Mai 1970, eine große Militärparade am Residenzplatz in der Stadt Salzburg abgehalten. Der Bundespräsident, der Verteidigungsminister und andere Politiker aus Wien, der Landeshauptmann von Salzburg und hochrangige militärische Vertreter waren anwesend, ebenso die jungen Männer, die im Zuge dieser Zeremonie als Soldaten des Österreichischen Bundesheeres angelobt werden sollten. Ein Höhepunkt würde der von der Salzburger Militärmusikkapelle gespielte Große Österreichische Zapfenstreich sein, ein Musikstück nach alten Trommelrufsignalen und Traditionsmärschen. Da es bei einer ähnlichen Veranstaltung im Jahr zuvor zu einem Zwischenfall mit einem Studenten gekommen war, der es gewagt hatte, während des Abspielens des Zapfenstreichs laut zu pfeifen und von einem älteren Herrn mittels einer Ohrfeige zurechtgewiesen wurde, befahl der Salzburger Polizeikommandant dieses Mal einen vermehrten Einsatz von Polizisten. Der Deutinger Hans war einer von ihnen.

„Du musst nur genau schauen, dass dir nix auffällt", sagte ein neben ihm stehender älterer Kollege, der schon Erfahrung mit Demonstrationen hatte. „Und wenn was passiert, hart durchgreifen, aber nur auf Kommando! Eh klar!" Dieser Kollege war einer von zweihundert Polizisten, die, unterstützt von drei Wasserwerfern, die Beatles beschützt hatten, als sie im März 1965 auf dem Salzburger Flughafen gelandet waren, um nach Obertauern zu Dreharbeiten ihres Films „Help" zu fahren. „Da haben wir schaun müssen", sagte er, „dass sich die Fans von die Beatln nit mit die Gegner von die Beatln die Schädeln einschlagn." Und lachend fügte er hinzu: „Sozusagen die Pilzköpf gegen die Aufrasierten!" Die Gegner der Beatles waren damals immerhin mit einer Trachtenmusikkapelle und mit Transparenten wie „Beatles go home!", „Verstärkung für den Alpenzoo" und „Hoch der Eunuchenchor" aufmarschiert. „Aber es hat nix gebn, weil wir so aufpasst habn." Der Deutinger Hans sagte „Eh klar!", nickte zustimmend und beobachtete das Geschehen auf dem Residenzplatz, so gut es ging. Er war wie seine Kollegen mit einer Dienstwaffe und mit einem Gummiknüppel ausgestattet.

Jener Student, der vor einem Jahr wegen seiner Pfiffe die Ohrfeige bekommen hatte, ärgerte sich, dass ihm damals keiner auf dem mit zahllosen Schaulustigen gefüllten Residenzplatz zu Hilfe gekommen war und sann auf Rache. Einer seiner Freunde erzählte ihm, er habe in einer ausländischen Zeitung gelesen, dass man in Belgien während einer Militärparade hundert Hühner freigelassen hatte. Dann kam die Idee mit dem Schwein.

Der Deutinger Hans ließ seine Blicke immer noch über den Residenzplatz schweifen und bemerkte ebenso wenig wie seine Kollegen die zwei jungen Männer mit der Reisetasche, die in der Menge standen und sich nun langsam bis in die vorderste Reihe der Zuschauer vordrängten, während über dem Platz Kommandos erschallten, Soldatenbeine im gleichen Rhythmus aufstampften und einige hundert Männer ein lautes, einstimmiges „Ich gelobe!" von sich gaben. Er bemerkte aber, dass auffällig viele junge Männer mit langen Haaren anwesend waren und wunderte sich über deren Interesse am Militärischen. Ein Offizier schrie „Habt Acht!", durch die Soldaten ging ein einziger Ruck, und die Militärmusikkapelle begann mit dem Großen Österreichischen Zapfenstreich. Bis auf die Töne der Trommler und Blechbläser herrschte nun völlige Stille. Sogar die andauernd gurrenden Tauben verhielten sich ruhig, betäubt vom ungewohnten Lärm. Unauffällig wurde die auf dem Boden befindliche Reisetasche geöffnet und umgekippt. Ein Schwein kam zum Vorschein, das heißt, ein kleines Ferkel, das nun die Gefangenschaft in der dunklen Reisetasche endlich überwunden hatte und sich über die wiedergewonnene Freiheit zu freuen schien. Aus den Reihen der Zuschauer rannte es auf den freien Platz, dann Schutz suchend zwischen die Wadeln der stramm stehenden

Männer. Man vernahm Gelächter bei vielen Zuschauern und sah Entsetzen auf den Gesichtern der Unteroffiziere, Offiziere und Politiker. Die Soldaten selbst verzogen keine Miene, waren sie doch eindringlich gedrillt worden, stets stur geradeaus zu schauen, egal, was passiert. Ein beherzter Unteroffizier löste sich aus der Reihe der versteinerten Soldatenfront, warf sich mit einem Hechtsprung auf das Tier und bekam es zu fassen. Doch das Schwein entglitt ihm ebenso schnell wieder. „A so a Trottel, jetzt lasst ers wieder aus!", urteilte sein Vorgesetzter. Der Unteroffizier verteidigte sich: „Die Sau is eingschmiert, mit Schmierseifn oder mit was weiß ich!" Immer mehr Offiziere und Unteroffiziere versuchten nun, das Tier zu fassen. Ohne Erfolg! Es lief direkt auf den eigens für diese Parade aufgestellten Fahnenmast zu und verrichtete dort seine Notdurft, während die Militärmusikkapelle den Großen Österreichischen Zapfenstreich spielte und spielte und spielte. Unter den jüngeren Zuschauern kam es zu großen Sympathiekundgebungen für das Schwein und zu Sprechchören gegen das Militär, was bei den älteren Anwesenden Meinungsäußerungen hervorrief: „Dreckige, langhaarige Kommunisten! Die ghörn alle vergast! Schickts es in Osten! Schlagts es zsamm!"

Der Polizeikommandant sah der Ohnmacht der militärischen Übermacht aufmerksam zu. Dann gab er den Befehl zum Einsatz, wobei, wie es amtlich heißt, von der minder gefährlichen Waffe Gebrauch gemacht werden durfte, was die Polizisten gern mit „Knüppel aus dem Sack!" übersetzten. Einige Polizisten kümmerten sich um das Schwein, die meisten aber versuchten, den entstandenen Tumult in den Griff zu kriegen, indem sie auf Kommando wahllos auf die von oberster Stelle als linke Demonstranten identifizierten Jugendlichen einprügelten.

Der Deutinger Hans war unter denen, die das Schwein zu fangen hatten. Bald wurde er mit der Glitschigkeit der schweinernen Haut konfrontiert. Er zog seine Uniformjacke aus und deutete einem Major des Bundesheeres, dasselbe zu tun. Dann trieb er das Schwein dem Major zu, der sich mit seiner Jacke auf das Tier warf, das fast wieder entschlüpft wäre, wenn sich nicht der Deutinger Hans ebenfalls darauf gestürzt hätte. Die beiden Uniformjacken fungierten dabei als einheitlicher Sack von Militär und Polizei, aus dem das Schwein nicht mehr entrinnen konnte.

Die ganze Aktion dauerte ungefähr eine Stunde. Die Angehörigen des Bundesheeres marschierten ab, die Politiker hatten sich schon vor einiger Zeit zurückgezogen, die Militärmusikkapelle spielte, scheinbar unbeeindruckt von dem ganzen Geschehen, immer noch einen Marsch nach dem anderen. Der Deutinger Hans trug das Ferkel, in seine Polizeijacke eingehüllt, zur nahe gelegenen Rathauswachstube. Er redete dem verschreckten Tier beruhigend zu, bis es erschöpft und geborgen in seinen Armen einschlief.

Die brutalen Methoden der Polizeibeamten wurden allgemein scharf kritisiert, was man offiziell bedauerte und damit begründete, dass die Beamten derartige Demonstrationen nicht verkraften konnten, da ihnen diesbezüglich die nötige Schulung und Erfahrung fehlte. Es sind ihnen eben die Nerven durchgegangen. „Man kriegt es ja nicht jeden Tag mit leibhaftigen Schweinen zu tun", verteidigte der Polizeikommandant die Vorgehensweise seiner Leute.

Der Deutinger Hans bekam großes Lob von seinem Vorgesetzten. „Bei die Viecher kenn i mi aus! I bin ja nit umsonst der Bua von an Bauern", meinte er bescheiden. Er wurde von nun an bei jeder Demonstration in Salzburg eingesetzt, so auch 1972 bei jener gegen den amerikanischen Präsidenten Richard Nixon, Kriegsherr in Vietnam, 1980 gegen den rechtsradikalen Präsidentschaftskandidaten Norbert Burger und Ende der Achtzigerjahre bei den Protestkundgebungen gegen den österreichischen Bundespräsidenten Kurt Waldheim wegen dessen Erinnerungslücken bezüglich seiner nationalsozialistischen Vergangenheit. Dabei war der Deutinger Hans nicht nur mit Knüppel und Dienstwaffe ausgerüstet, sondern immer auch mit einem Sack. Denn man weiß ja nie! Seine Kollegen nannten ihn bald den Demonstrantinger Hans. Sein Wunsch, im demonstrationsfernen Taxenbach Gendarm oder sogar Postenkommandant zu werden, wurde nie erfüllt.

Was aus dem Schwein vom Mai 1970 geworden ist, weiß heute keiner mehr genau. Man munkelt, einige Abgeordnete des Salzburger Landtags hätten es bei einem Empfang verspeist, obwohl es nie Spanferkel auf der Speisekarte gab.

Sprachlos in Salzburg

Etwas unsicher war ich schon, als ich an der Universität Salzburg Deutsch und Französisch zu studieren begann, wo ich doch in der achten Klasse Gymnasium auf alle Deutschaufsätze ein „nicht genügend" bekommen hatte und in Französisch bei der mündlichen Matura im Juni überhaupt durchgefallen war. In diesem Zusammenhang sei angemerkt, dass ich die Ehre habe, der erste zu sein, der am Gymnasium Zell am See die Matura zum Haupttermin nicht geschafft hat. Ich aber glaubte an meine sprachliche Begabung, die meine Lehrer offensichtlich nicht erkannt hatten. Außerdem interessierte mich der Beruf des Lehrers, das Weitergeben von Wissen, der Umgang mit Menschen. Und schließlich wollte ich mir nicht gefallen lassen, so blöd zu sein, wie es mein Zeugnis darstellte. Ich ergriff den Beruf des Lehrers aus Überzeugung und aus Protest.

Am 1. Oktober 1973 fuhr mich meine Mutter mit dem Auto nach Salzburg, wo ich ein kleines Einzelzimmer im Studentenheim in der Merianstraße hinter dem Hauptbahnhof bezog. Die Zimmer waren so klein, dass mein Freund Blasius, den ich im Studentenheim kennen lernte, einmal zu einer Studienkollegin sagte, in deren Landhaus wir zu einem Fest eingeladen waren: „Bei euch sind die Klos größer als bei uns die Zimmer." Wegen des Lärms durch den Autoverkehr auf der direkt unter den Zimmerfenstern vorbeiführenden Lastenstraße und wegen der nächtlichen Rangierarbeiten auf dem Bahnhof war es in unserem Studentenheim sehr laut. Um diesen Lärm nicht in seiner ganzen Stärke wahrzunehmen, blieb uns nichts anderes übrig, als ihn durch Musizieren, Singen und Grölen in der Gemeinschaftsküche zu übertönen. Selbstverständlich bekamen wir deswegen oft Besuch von der Polizei, die diese Art von Ruhestörung auf Grund der Intervention von ruhebedürftigen Anrainern zu unterbinden versuchte. Hinweisend auf die Ruhestörung durch die nächtlichen Rangierarbeiten auf dem Bahnhof, hieß es, dieser Lärm gelte als nicht vermeidbarer Lärm, unser Lärm hingegen als vermeidbarer. Wir mussten dann eine Strafe von hundert Schilling zahlen, was immerhin einem Sechstel der Monatsmiete für ein Zimmer im Heim entsprach.

Als wir wieder einmal eine Strafe wegen Ruhestörung an zwei in der Küche anwesende Polizisten bezahlt hatten, riss Berrardo, ein süditalienischer Gaststudent, das Küchenfenster auf, schmetterte wie ein Opernsänger „O sole mio!" in die Nacht hinaus und hielt einem der beiden Polizisten einen Hundert-Schilling-Schein hin, als natürliches Bußgeld für seinen Gesang. Das war keine gute Idee von ihm, denn er wäre wegen Missachtung der Behörde fast verhaftet worden.

Bereits in meinen ersten Tagen im Heim sagte eine langjährige Studentin zu mir: „Mich wundert es immer wieder, dass man als Bewohner dieses Heims sein Studium abschließen kann." Sie beendete ihr Studium ebenso erfolgreich wie ich, es dauerte halt seine Zeit. Als viele Jahre später mein Sohn Benjamin sein Studium in der Hälfte der Zeit, die ich gebraucht hatte, beendete, war meiner Mutter klar, dass ich ihr damals nicht die Wahrheit gesagt hatte, wenn es hieß: „So ein Studium dauert ewig." Sie hat aber nicht bedacht, dass Benjamin zu Hause wohnte und nicht in einem Heim.

Ich schrieb mich als Student der Romanistik und Germanistik an der Universität Salzburg ein und war sehr angetan vom Studium und vom Leben als Student. Ich konnte mir meine Lehrveranstaltungen und sogar die Lehrenden größtenteils aussuchen, musste nicht immer anwesend sein und absolvierte die Prüfungen ohne viel Stress und immer mit dem Gedanken, dass ich diesen Weg ja selbst gewählt hatte und nicht wie in der Schule dazu gezwungen wurde. Ich lernte, mit Sprache zu spielen und die Literatur zu lieben. Die deutsche Literaturgeschichte kannte ich ohnehin von den Anfängen an auswendig, denn nur durch dieses überlebensnotwendige Wissen war ich imstande gewesen, trotz meiner Aufsatzfünfer die Schuljahre in Deutsch positiv zu beenden.

Während meines Studiums reiste ich immer wieder nach Frankreich, um bei der Weinernte oder als Betreuer für Jugendliche in Ferienlagern zu arbeiten. Dabei wuchs meine Begeisterung für die Sprache, das Land und seine Bewohner. Viele Franzosen, die selbst keine Fremdsprache beherrschen, reagieren oft überheblich und ablehnend auf jemanden, der nicht Französisch spricht. Sobald sie aber merken, dass man sich als Ausländer für die französische Sprache und Lebensart interessiert, sind sie hilfsbereit, zuvorkommend und überaus freundlich.

An der Germanistik war ich verwundert, wie viel, wie gern und wie schön die meisten Studenten redeten. Manche meldeten sich sogar zu Wort, wenn sie nichts zu sagen hatten. Ich selbst war dermaßen in meinem Pinzgauer Dialekt verhaftet, dass ich Hemmungen hatte, an der Stätte der hochdeutschen Sprache den Mund aufzumachen. So kam es, dass ich im ersten Semester kein Wort von mir gab. Und da viele Prüfungen schriftlich zu absolvieren waren, fiel das auch nicht weiter auf. An der Romanistik lernte ich Französisch und Spanisch, wobei ich mich meist in der Fremdsprache auszudrücken hatte, sodass mein Mangel an Hochdeutsch nicht bemerkt werden konnte. An der Germanistik jedoch verlor ich mich immer mehr in einer unbeholfenen Mischung aus Dialekt und Hochdeutsch, in der ich mich nicht besonders wohl fühlte. Also blieb ich dabei, möglichst wenig zu sagen.

Mit einem Studienkollegen, der wie die meisten Studenten an der Universität Salzburg aus Oberösterreich stammte und die hochdeutsche Sprache trotzdem beherrschte, verfasste ich einmal innerhalb eines

Wochenendes eine Seminararbeit über die Nachwirkung des romantischen Dichters Joseph von Eichendorff. Wir präsentierten unsere Arbeit im Seminar, wobei mein oberösterreichischer Kollege alles schön und geschliffen darlegte. Als mich der Professor dann um meinen Beitrag bat, sagte ich, um mein Sprachdefizit zu verbergen: „Der Herr Kollege hat bereits alles Wesentliche gesagt. Dem habe ich nichts hinzuzufügen." Er bekam ein „sehr gut", ich ein „befriedigend". „Passt schon!", dachte ich und war zufrieden.

Besonders faszinierten mich die Sprache und die Literatur des Mittelalters. Im Mittelhochdeutschen fand ich endlich auch auf der Germanistik eine Fremdsprache, mit der ich das Hochdeutsche umgehen und weiterhin in meinem Dialekt bleiben konnte. Das brachte mich auf die Idee, das Hochdeutsche ebenfalls als Fremdsprache zu betrachten. Ich machte für mich eine klare Trennung, pflegte weiterhin meinen Dialekt und lernte Hochdeutsch wie eine Fremdsprache, die mir nicht besonders fremd war. So sagte ich zum Beispiel nicht mehr „ich nimm", sondern „ich nehme" und nicht wie viele Salzburger „ich bin gangen", sondern „ich ging". Dadurch fand ich einen eindeutigen Weg aus meiner bisher unsicheren Sprachmischung.

Bei meinen schriftlichen Lehramtsprüfungen in Deutsch und Französisch am Ende des Studiums, ich wohnte zu dieser Zeit nicht mehr im Studentenheim, hatte ich nur gute Noten. Auch die mündlichen Prüfungen absolvierte ich allein schon wegen meines großen Interesses souverän. Doch nun stand noch eine letzte Prüfung bevor, diejenige über die deutschsprachige Literatur vom sechzehnten Jahrhundert bis heute. Mein Prüfer stammte ebenso wie ich aus dem Pinzgau. Da damals die Professoren nach einem „gut" auf die schriftliche Prüfung im selben Fach die mündliche im schlechtesten Fall mit „genügend" zu beurteilen hatten, wusste ich, mir konnte nichts mehr passieren. Mittels der mir auferlegten Sprachentrennung forderte ich den Herrn Professor heraus und redete mit ihm während der Prüfung absichtlich nicht Hochdeutsch, sondern Pinzgauer Dialekt. Ich erzählte meinem Landsmann etwas über den Roman des Realismus und über Theodor Fontane, dessen Werk „Effi Briest" nun wahrscheinlich erstmals auf Pinzgauerisch abgehandelt wurde. Dann forderte mich der Herr Professor auf, das von mir sehr geschätzte Gedicht „Die gestundete Zeit" von Ingeborg Bachmann zu interpretieren. Darin heißt es in einer Zeile „Drüben versinkt dir die Geliebte im Sand".

„Was bedeutet diese Zeile?", fragte er mich.
„Na ja, was schon", sagte ich, „dass da drüben oane im Sand versinkt."
Und als er wissen wollte, wie ich denn dieses „drüben" auslege, antwortete ich: „Drüben, des is ungefähr da enten."
„Wo bitte?", fragte der Herr Professor.

„Ja, da enten, eppa da, wo Sie sitzen. Es kunntat aber a a paar Meter weiter hint sein. Nix Genaus steht in dem Gedicht nit drin."

Er wurde leicht rot im Gesicht und versuchte zu erklären: „Dieses Drüben wird von der Literaturwissenschaft mit Jenseits interpretiert! Und der Sand symbolisiert die Sanduhr mit der vergehenden Zeit."

„Jo eh, Herr Professor", sagte ich, „des kunntat schon so gmoant sein. Aber dann miassen Sie mir sagen, dass i des Gedicht so interpretieren soll, wia Sie des wollen. Sonst mach i des a so, wia mir des vorkommt. Und dann is drüben halt dort enten, wo Sie sitzen. Eppa woi oder nit?"

„So kann man Interpretieren nicht interpretieren!", sagte er laut, beruhigte sich aber gleich wieder und fügte ruhig hinzu: „Aber lassen wir das. Ich bin entsetzt über Ihre sprachliche Ausdrucksweise, die mit Deutsch nur entfernt etwas zu tun hat. Allein deswegen hätten Sie ein ‚nicht genügend' verdient, aber auf Grund ihrer großartigen schriftlichen Leistung bin ich gezwungen, Ihnen ein ‚genügend' geben."

„Tuans, wias moanan. Des passt schon", sagte ich und ging.

Bevor ich mein Amt als Lehrer für Deutsch und Französisch antreten konnte, musste ich mich noch beim Landesschulrat für Salzburg zum Schuldienst anmelden und bei Herrn Hofrat Skala vorsprechen. „Der Skala macht dich fertig", hieß es allgemein. „Dem Skala kommt keiner aus, der Lehrer werden will. In seiner unguten Art scheißt der alle zusammen, dass sie unfähige Kandidaten sind und sich gefälligst als Lehrer anstrengen sollen." Warum er das tat, wusste damals niemand. Er konnte nicht mehr verhindern, dass wir Lehrer werden und wollte wahrscheinlich nichts anders als seine Position als Hofrat des Landesschulrats ausspielen. Dem Herrn Skala musste man zusätzlich zum Lehramtsprüfungszeugnis auch das Maturazeugnis vorlegen, das seit der Anmeldung zum Studium sonst niemanden mehr interessiert hatte. Das kann ja was werden, dachte ich, denn abgesehen davon, dass aus meinem Maturazeugnis ersichtlich ist, dass ich die Prüfung in Französisch erst im Herbst bestanden habe, weist es von vierzehn Noten acht „genügend" auf.

Ich saß also dem Herrn Hofrat Skala in seinem Büro im Amt des Landesschulrats am Mozartplatz gegenüber und beobachtete ihn, wie er wortlos meine Zeugnisse studierte. Plötzlich stand er auf, kam hinter seinem Tisch hervor, ging auf mich zu und lächelte mich von oben herab an. Alles hatte ich erwartet, nur kein Lächeln. Das gehörte wohl zu seiner unguten Art, von der alle sprachen. Ich blieb sitzen, lehnte mich zurück und blickte zu ihm hinauf. Dann sagte er, immer noch lächelnd: „Aus Ihrem Maturazeugnis entnehme ich, dass Sie ein sehr schlechter Schüler gewesen sind." Ich entgegnete nichts. Er fuhr fort: „Es freut mich außerordentlich, dass auch schlechte Schüler Lehrer werden wollen. Meistens kommen nur gute Schüler zu mir, die nicht wissen, was es heißt, schlechte Noten zu bekommen, bei Prüfungen durchzufallen und sich Sorgen zu machen, wie man die Schule übersteht. Aber Sie kennen das alles. Ich bin sicher, dass Sie ein guter Lehrer werden und wünsche Ihnen viel Erfolg." Ich stand auf, er gab mir die Hand und bat mich hinaus. Nun lächelte er nicht mehr, er stellte sich wahrscheinlich schon auf den nächsten Kandidaten ein, der vor der Tür wartete.

Ich wurde ein begeisterter Lehrer und war, so das Urteil meiner ehemaligen Schüler, auch ein guter. Manche von ihnen merken jedoch kritisch an, dass ich im Unterricht oft zu gern und zu viel geredet habe, bisweilen sogar in einer Mundart, die sie sprachlos machte, nicht nur in Salzburg.

Ich gehöre zu jenen glücklichen Österreichern, die statt des bisher neun Monate dauernden Präsenzdienstes beim österreichischen Bundesheer nur acht Monate zu absolvieren hatten, sechs Monate als Grundwehrdiener und zwei Monate in Form von jeweils zehntägigen Truppenübungen, die auf mehrere Jahre verteilt waren. Bei meiner Musterung unterschrieb ich eine Erklärung, in der ich mich verpflichtete, die gesamten acht Monate ungeteilt in einem zu erledigen. Gegen Ende des Wehrdienstes jedoch teilte man mir mit, dass diese Erklärung mit meiner Unterschrift bedauerlicherweise verloren gegangen war, was für mich bedeutete, dass ich nach sechs Monaten abrüsten und noch ungefähr sechs Mal zu einer Truppenübung einrücken müsse. Normalerweise geht bei einer österreichischen Behörde kein Schriftstück verloren. Ich nahm also an, dass mich meine Vorgesetzten sofort loswerden wollten, wofür es wegen meines ihrer Meinung nach Wehrkraft zersetzenden Verhaltens gute Gründe gab.*

Meine erste Truppenübung dauerte vom 14. bis zum 23. November 1974. Ich war Teil eines großen nationalen Manövers, bei dem unter der Parole „Rot gegen Blau" zwei Armeen übungsweise gegeneinander kämpften. Ich war Funker bei der blauen Armee, die vom Mühlviertel nahe der Grenze zur Tschechoslowakei nach Süden vormarschierte und laut strategischem

Plan von der verteidigenden roten Armee im Bereich der Donau zurückgeworfen und besiegt werden würde. An diesem sogenannten „Donauwall" sollte die Schlagkraft des österreichischen Bundesheeres gegen einfallende Feinde aus dem Nordosten geprüft werden. Als Erkennungszeichen trugen wir blaue beziehungsweise rote Stoffbinden auf unseren Helmen.

Meine Aufgabe bestand darin, gemeinsam mit drei Kameraden am Hauptgefechtsstand in der Nähe der Mühlviertler Ortschaft Königswiesen den Telefondienst zwischen dem Kommando und den einzelnen Truppenteilen aufrechtzuerhalten. Neben einem Bauernhof, der auch als Wirtshaus diente und wo die Kommandozentrale eingerichtet worden war, saß ich in einer von der US-Armee nach dem Zweiten Weltkrieg zurückgelassenen fahrbaren Vermittlungsstation. Darin verband ich an einem Kasten mit vielen Löchern mittels kleiner Steckern die an meinem Fahrzeug angeschlossenen Leitungen miteinander. Solche Vermittlungsstationen kannten wir aus den Filmen über den Zweiten Weltkrieg, wo junge, hübsch frisierte Damen ihren Dienst versahen.

Unsere Leitungen führten zu den Kommandos der einzelnen Truppenteile, von dort wurden die Gespräche im drahtlosen Funkverkehr zu den kämpfenden Kompanien weiter geleitet. Dabei kam es natürlich immer wieder vor, dass sich von jenseits der Grenze tschechoslowakische Soldaten in den Funkverkehr unseres Manövers einmischten. Sie kannten schon am ersten

Tag alle unsere Decknamen und Losungsworte, von „Lotusblüte" bis „Selchfleisch", und sagten sie uns hilfsbereit in gebrochenem Deutsch vor, wenn wir sie vergessen hatten.

Wenn einer der im Wirtshaus nebenan einquartierten Offiziere eine Telefonverbindung wünschte, musste er sie bei mir anmelden. Mein Standardsatz lautete dann immer: „Alle Leitungen besetzt", ohne Unterschied auf den jeweiligen Dienstgrad. Ich würde ja in spätestens einer Woche das Bundesheer wieder verlassen dürfen und hatte keine Sanktionen zu befürchten, wenn ich Befehle nicht prompt ausführte. Der Anrufer versprach mir dann meistens, mich während meiner dienstfreien Zeit im Wirtshaus mit Essen und Bier zu versorgen, worauf ich die Verbindungen unverzüglich herstellte. So lernte ich nebenbei das allgemein gültige System des österreichischen Beamtenwesens von Geben und Nehmen kennen.

Eines Nachts wurde unsere Kommandozentrale von den „Rangern" der roten Armee, den gefürchteten österreichischen Spezialeinsatzkräften des Jagdkommandos, überfallen. Sie ließen unter unserem Funkfahrzeug etwas explodieren und forderten uns laut schreiend auf, herauszukommen, da wir ja nun zerstört seien. Wir aber verriegelten die Tür und blieben drinnen. Die Ranger waren bekannt dafür, unerbittliche Einzelkämpfer zu sein. Man erzählte uns, dass sie während ihrer beinharten Ausbildung unter anderem eine Woche lang auf einer Insel in der Donau leben und sich von Würmern, Käfern und Schlangen ernähren mussten. Ich selbst habe so einen kahlgeschorenen Krieger noch nie zu Gesicht bekommen und war auch jetzt froh, hinter der geschlossenen Tür unserer Vermittlungszentrale in Sicherheit zu sein. Einer meiner Funkkameraden näherte sich, von der Explosion aufgeschreckt, unserem Fahrzeug und wurde von den Rangern sofort gefangen genommen, verschleppt und als Exempel für unser regelwidriges Verhalten so sehr unter Alkohol gesetzt, dass er zwei Tage lang nicht mehr auf die Beine kam. „Jeder Krieg fordert seine Opfer. Bedauerlich, sehr bedauerlich!", meinte mein ehrgeiziger Hauptmann, für den die ganze Sache nun erstaunlich realistisch wurde.

Als wir am nächsten Tag von unserem Verteidigungsminister, Brigadier Karl Ferdinand Lütgendorf, Besuch bekamen, befahl mir mein Hauptmann aufgeregt, mich nicht zu zeigen. Wegen meiner langen Haare, die wie dunkles Stroh unter dem Helm hervor schauten, sah ich in seinen Augen fast aus wie ein Wikinger aus der Comic-Serie „Wicki und die starken Männer", also nicht besonders militärisch. Anlässlich der Truppenübungen konnten wir nämlich nicht dazu gezwungen werden, uns die Haare schneiden zu lassen oder uns zu rasieren. So verbrachte ich die Zeit des hohen Besuches frierend auf dem Heuboden des Bauernhofs, der uns auch als Nachtquartier diente.

Die Truppenübung war ein großer Erfolg, nicht zuletzt auch durch die Gewährleistung einer funktionierenden Kommunikation. Wir wurden für unsere Arbeit von unseren Vorgesetzten mit einigen Kisten Bier belohnt, das wir würdig seiner Bestimmung zuführten. Auch unser von den Rangern verschleppter Kamerad war nun wieder imstande mitzuhelfen.

Ich war wegen meines angeblichen unmilitärischen Verhaltens während des Grundwehrdienstes als einziger in meiner Kompanie noch nicht vom Wehrmann zum Gefreiten befördert worden. In meinem Wehrdienstbuch steht, dass ich zwar als Funker entlassen wurde, allerdings zu nichts geeignet sei, denn in der Rubrik „Eignung zum" befindet sich nur ein waagrechter Strich. Nun aber stand eine Beförderung an. Allein schon aus Ablehnung des Militärischen an sich musste ich das verhindern. Dazu kam die Tatsache, dass man als einfacher Wehrmann nur bis zum fünfunddreißigsten Lebensjahr zu Truppenübungen eingezogen werden konnte, als Gefreiter jedoch bis zum fünfzigsten. Darum fragte ich meinen Hauptmann, ob ich während der Abschlussfeierlichkeiten des außerordentlich erfolgreichen Manövers vor den versammelten Offizieren und Unteroffizieren eine von mir entwickelte Waffe vorstellen könnte, die im Nahkampf gegen Eliteeinheiten wie die Ranger wirken würde. Er zeigte Interesse an meinem Vorschlag und sagte: „Ein engagierter Soldat ist immer gern gesehen. Aber verzapfen Sie mir ja keinen Blödsinn!"

Am folgenden Abend stand ich in einem Wirtshaus-
saal auf einem Podium vor über hundert anwesenden
Führungskräften des österreichischen Bundesheeres.
Ich sprach von einer Geheimwaffe, der ich den Namen
„MauFa 74" gab. In Anlehnung an das von uns verwendete Sturmgewehr aus dem Jahr 1958, abgekürzt
„StG 58", nannte ich meine Waffe so, weil sie sich
aus zwei Mausefallen zusammensetzte und im Jahr
1974, also gerade jetzt, von mir entwickelt wurde.
Abkürzungen sind bei jedem Heer sehr beliebt. Die
Funktion meiner Waffe war an Hand eines von mir
in den kalten Novembernächten des Mühlviertels
gebauten und nun vorgeführten Prototypen einfach
erklärt: „Wenn sich einem österreichischen Soldaten
ein feindlicher Soldat nähert, so werfe der österreichische Soldat zwei aneinander gekoppelte Mausefallen
derartig an das Ohr des feindlichen Soldaten, dass
eine der beiden Mausefallen daran hängenbleibt und
ihn schmerzhaft zwickt. Ob linkes Ohr oder rechtes
Ohr ist dabei nicht wesentlich. Der feindliche Soldat
wird natürlich versuchen, die Mausefalle von seinem
Ohr zu entfernen, doch dabei gelangen seine Finger
in die zweite Falle. Er schreit, flucht und zieht sich
mit eingeklemmten Fingern und schmerzhaftem Ohr
zurück. Seinen Kameraden wird er dann berichten,
dass man sich den österreichischen Soldaten nicht nä-
hern soll, weil man von denen entsetzlich gepeinigt
wird. So schlagen wir im Nahkampf jeden Feind in
die Flucht."

Es herrschte absolute Stille. Offensichtlich verstand man mich nicht. Wenn schon der Ernst meines Anliegens nicht zum Ausdruck kam, so hätte zumindest der Witz, der satirische Umgang mit dem Militärischen Eindruck machen können. Nichts dergleichen! Mein Hauptmann vergrub sein Gesicht hinter beiden Händen und machte einen enttäuschten und in seinem Ehrgeiz geknickten Eindruck. Ich verließ das Podium, von unverständigen Blicken der Offiziere und Unteroffiziere begleitet. Einige Zeit später ließ mich mein Hauptmann zu sich kommen, stellte sich vor mir auf, holte tief Luft und schrie: „Ich habe Sie durchschaut! Sie sind ein ganz übles Subjekt, ein Terrorist, ein Versager, ein Student, der den Staat nur schädigt und ausnützt! Und wenn unser Staat seine Pflicht gegenüber seinem Bürger einfordert, dann machen Sie sich auch noch darüber lustig! Sie sind wahnsinnig! Ein verantwortungsloser Staatsschädling! Und übrigens: Ihre Beförderung zum Gefreiten können Sie sich in den Arsch stecken!"

Die MauFa 74 hat ihren Zweck erfüllt, auch wenn ich dadurch meinen Hauptmann, der mir ja nicht grundsätzlich unsympathisch war, lächerlich gemacht hatte. Darauf konnte ich aber in diesem Moment keine Rücksicht nehmen, denn: „Jeder Krieg fordert seine Opfer." Während der folgenden sieben Jahre musste ich noch zwei Truppenübungen absolvieren, im Laufe derer ich ebenfalls erreichte, nicht befördert zu werden. Und nach meinem fünfunddreißigsten Lebensjahr war dann ohnehin Schluss.

Ungefähr fünfzehn Jahre später, ich war Lehrer am Bundesrealgymnasium in Salzburg, fuhr ich wie jeden Winter mit Schülern und Kollegen als Begleitlehrer zu einem Schulschikurs nach Kitzbühel, wo wir im Schiheim „Rote Teufel" untergebracht waren. An unserem letzten Tag vergaß Wolfgang, einer der mir anvertrauten Schüler, ein freundlicher, verträumter Bub von vierzehn Jahren, seine Wochenkarte im Heim. Die Kontrolleure an der Talstation der Seilbahn, die uns schon kannten und wussten, dass alle unsere Schüler und Schülerinnen eine Wochenkarte besaßen, ließen ihn ausnahmsweise auch ohne gültigen Fahrausweis die Seilbahn besteigen, sodass wir nicht mehr den langen Weg ins Heim zurückgehen mussten, um die Karte zu holen. Einmal oben auf dem Berg angelangt, gab es damals an den Liften noch keine Kontrollbarrieren. Einige Stunden später stand jedoch an einem Schlepplift ein uns unbekannter Mitarbeiter der Bergbahnen und kontrollierte die Liftkarten. Ich sagte zu Wolfgang: „Warte hier!" Dann fuhr ich an der Seite eines Schülers mit dem Lift hinauf, nahm während der Fahrt seine Wochenkarte an mich und verließ die Lifttrasse, während der Schüler allein weiterfuhr. Unten übergab ich diese Karte an Wolfgang, der nun ungehindert durch die Kontrolle kam. Bei der Abfahrt wurden wir aber von jenem Kontrolleur eingeholt und gestellt. Er war in Begleitung eines Kollegen, der meine Aktion offensichtlich beobachtet hatte.

„Das wird teuer! Kommen Sie mit!" Damit meinte er Wolfgang und mich. Ich vertraute meine Schigruppe einem vorbeikommenden Lehrerkollegen an und fuhr mit Wolfgang, begleitet und bewacht von den beiden Männern der Bergbahnen, hinunter zum Pass Thurn, wo sich knapp nach der Grenze zu Tirol, also auf dem Gebiet des Pinzgaus, ein kleiner Gendarmerieposten befand. Wir wurden dem diensthabenden Gendarmeriebeamten, einem freundlichen älteren Herrn, vorgeführt. Er wollte die Sache auf sich beruhen lassen, doch die beiden Kontrollorgane bestanden darauf, Wolfgang als schwarzfahrenden Betrüger anzuzeigen. „Den Schüler trifft keine Schuld, ich übernehme die ganze Verantwortung. Die Anzeige betrifft nur mich, ich allein trage die Konsequenzen", sagte ich. Der Gendarmeriebeamte setzte sich missmutig an die Schreibmaschine und verfasste ein Protokoll. Als wir kurz allein waren, sagte er zu mir: „So wia Sie des machen, des passt schon. Und wegen der Anzeige lassen Sie sich koana graun Haar wachsen." Es ist schön, einen innergebirglerischen Verbündeten zu haben, dessen Pflichterfüllung nicht gegenüber einem System, sondern gegenüber einem Menschen gilt. Von der Anzeige haben wir nie wieder etwas gehört.

Wolfgang hat natürlich seinen Eltern davon berichtet. Sein Vater soll sehr beeindruckt von diesem engagierten und verantwortungsbewussten Schikurs-Begleitlehrer gewesen sein. Im Gespräch mit Wolfgangs Klassenvorstand fand ich heraus, dass es sich bei Wolfgangs Vater um meinen ehemaligen Hauptmann handelte. Ich habe ihn leider nie getroffen. Sonst hätte ich ihn vielleicht daran erinnern können, dass jener Schikurs-Begleitlehrer seines Sohnes der Erfinder der MauFa 74 ist, ein in seinen Augen verantwortungsloser, pflichtvergessener Staatsschädling, Terrorist, Versager und weiß Gott was noch alles.

* Die Geschichte „Der Alpenguerillero" im Buch „Out of Innergebirg" nimmt darauf Bezug und kann einiges erklären.

Ordentlicher Präsenzdienst

Bescheinigung der Entlassung aus dem Präsenzdienst
gem. § 32 (8) WG

entlassen am	3 1. März 1973 "im Beurlaubtenstand bis -1. 7. 1973
entlassen als	FUNKER
Eignung zum	—

20 Belehrt über:

1. Wahrung des Dienstgeheimnisses
2. Pflichten im Reservestand
3. Anträge auf Fürsorge und Versorgung
   einschl. Heilbehandlung

SALZBURG
3 1. März 1973 · 1. Kp Tel Baon 3 Salzburg

(Ort und Datum)   (Entlassende Dienstselle)

Dienst-
stempel

i. V.

(Unterschrift [Vor- u. Zuname]
d. Kdt [Leiters])

7

Venus

Als „Venus", der große Hit der niederländischen Popgruppe „Shocking Blue" über die schöne Göttin, die auf einer Bergspitze wie eine silberne Flamme brennt, aus den Kofferradios und den Lautsprechern der Plattenspieler tönte, lag auch für die Jugend des Innergebirgs ein Hauch von Freiheit und Aufbruch in der Luft. Alles erschien leicht, vieles war möglich und greifbar nah. Die revolutionäre Stimmung der Sechzigerjahre hatte gegen Ende des Jahrzehnts nun auch das Innergebirg spürbar erreicht. Wir verachteten die Werte der Erwachsenen, kleideten uns bunt und ließen uns die Haare wachsen, sehr zum Missfallen der Eltern, Lehrer und Lehrherrn. Friseure wurden als Symbole einer altmodischen Epoche verachtet.

Nachdem der Wenger Franz von seinem Vater regelrecht zum Friseur geprügelt worden war und mit einem geschorenen Hinterkopf den Friseurladen wieder verlassen musste, kaufte er sich von seinen gesamten Ersparnissen als Lehrling ein Haarwuchsmittel, um schneller wieder zu seiner geliebten Mähne zu kommen, die sich auf eine Haarlänge bis über den Hemdkragen, über die Ohren und bis zu den Augenbrauen erstreckte.

Man sah immer mehr langhaarige Jugendliche, die von fassungslosen eingefleischten Innergebirglern mit Sprüchen wie „Lange Haare, kurzer Verstand!" oder

„Affen ghörn in Urwald!" begleitet wurden. Es kam sogar vor, dass Bauarbeiter den Langhaarigen von den Gerüsten aus Ziegelsteine nachwarfen.

Als auch meine Haare endlich bis über den Hemdkragen gewachsen waren, zog mich mein Mathematiklehrer an den Haaren von meinem Sessel in die Höhe, um seine Verachtung vor der ganzen Klasse zu demonstrieren. Im Jahr meiner Matura wollte mein Klassenvorstand nicht, dass ich auf dem gemeinsamen Klassenfoto sei, wenn ich mir nicht die Haare schneiden lassen würde. Ich ließ sie mir nicht schneiden, kam trotzdem auf das Foto und fiel bei der Matura durch. Bei meiner neuerlichen Prüfung im Oktober, ich war damals bereits zwei Wochen als Präsenzdiener beim Bundesheer, war die Schadenfreude meiner Lehrer groß, mich mit militärischem Kurzhaarschnitt zu sehen.

Englisch entwickelte sich damals zur wichtigsten Fremdsprache, die Pop-Kultur kam aus England, die Pop-Songs waren auf Englisch. „Learning by doing" wurde ein geflügeltes Motto und bezeichnete für uns einen Lernprozess, bei dem man sich im übertragenen Sinn immer wieder den Kopf anschlug, sodass wir das „do-ing" als ein knallhartes „doing!" interpretieren mussten. Manche Jugendliche des Innergebirgs gaben sich sogar englische Vornamen. Norbert, Franz und Gerhard nannten sich von nun an Steve, Dave und Ray. Ray ist heute Kommandant der Feuerwehr von Zell am See. Meine Cousine Elli hatte bereits einen internationalen Vornamen. Sie wurde einst nach meiner Mutter Eleonore benannt, die wiederum nach der Tochter einer deutschen Urlauberin benannt wurde, die zu dem Zeitpunkt, als meine Großmutter mit meiner Mutter schwanger war, beim Loferer in der Schmittenstraße in Zell am See wohnte und ihr diesen im Innergebirg unüblichen Namen einredete.

Ein großer Pionier in der Verbreitung der neuen Jugendkultur war Edwin, der im hinteren Teil seiner Tankstelle das Löwengrill einrichtete, eine hölzerne Bude, wo sein Freund Goofy als Discjockey auf zwei kleinen Plattenspielern abwechselnd die neuesten Pop- und Rockhits spielte. Nebenbei gab es Würstel am Grill und Bier der Marke „Löwenbräu". Das war eine der ersten Diskotheken des Innergebirgs und beliebter Treffpunkt der Jugendlichen. Heute betreibt Edwin an dieser Stelle das Restaurant Kupferkessel. Sonst war damals in den Lokalen Musik von Live-Bands zu hören, im Lebzeltkeller spielten die „Oberkrainer", in der Alm Bar die „Bambies", eine Gruppe, die mit ihrem Lied „Melancholie im September" österreichweit Erfolge hatte. Der September klang bei ihnen wie „Septämbär", was dem Lied einen exotischen Touch verlieh.

Auch im Innergebirg gab es Jugendliche, die sich englische Pop-Bands zum Vorbild nahmen, um selbst eine Band zu gründen. Bei uns in der Schmittenstraße wollten die Fuchs-Brüder Hans und Heinz gemeinsam mit dem Schwaiger Manfred die Musikwelt erobern und bearbeiteten voll Zuversicht Gitarre, Schlagzeug und Bass. Als der Schwaiger Manfred kurzfristig erfuhr, dass beim Loferer eine Reisegruppe mit holländischen Gästen eine Musikgruppe für die Abendunterhaltung suchte, war das ein erster willkommener öffentlicher Auftritt. Sie hatten fünf mäßig geprobte Pop-Songs im Repertoire, die sie im Lauf des Abends mehrmals wiederholen wollten. Doch dazu kam es nicht, da sich der Saal mit den Holländern bereits nach dem dritten Song geleert hatte. Hans Fuchs gab jedoch nicht auf, feierte mit seiner Band „Doog Emit", was rückwärts gelesen „Good time" bedeutete, große Erfolge in der Pinzgauer Diele und machte sogar den im Seekeller des Grand Hotels spielenden „Les Marquis" mit Erich Holzmann am Schlagzeug ernste Konkurrenz.

Erich Holzmann stammt übrigens auch aus der Schmittenstraße. Ich erlebte die „Les Marquis" in der Zeller Tenne, kurz bevor sie an einem Karfreitag abbrannte. Während der Löscharbeiten stolperte der stets betrunkene Besitzer des Lokals im Bademantel durch das zersplitternde Glas einer Tür und sagte beim Anblick der Feuerwehrmänner: „Eine Kiste Bier für die Kapelle!"

Als die Gymnasiasten Reinhard, Helmut, Walter und Willi eine Band gründen wollten, wünschte sich jeder von ihnen zu Weihnachten von den Eltern ein Musikinstrument. Der Reinhard bekam eine E-Gitarre, der Helmut einen E-Bass und der Walter ein gebrauchtes

Schlagzeug. Der Willi, der als einziger in der Gruppe von Musik eine Ahnung hatte, ganz gut Klavier spielte und sich ein E-Piano gewünscht hatte, bekam neue Schi. Seine Eltern meinten, ein Klavier stehe ohnehin schon zu Hause. Die Band versuchte sich dann ohne Willi als Trio, jedoch ohne Erfolg.

Einige Jugendliche verließen das Innergebirg, reisten nach Marokko, nach Indien oder bis ans Kap der Guten Hoffnung. Und einige kamen nicht mehr zurück, sozusagen Kaprun – Kapstadt ohne Rückfahrkarte. Bald waren auch Drogen im Umlauf, Haschisch und Marihuana, das damals um vieles schwächer und harmloser war als die heute gezüchteten und manipulierten Pflanzen. Die Drogen kamen von den italienischen Häfen mit Lastwagen auf dem Weg nach Deutschland und Holland über die neu erbaute Felbertauernstraße auch in den Pinzgau, wurden hier weiter verkauft und nicht selten von den umsichtigen Polizisten des Innergebirgs abgefangen. Der Smartex, der so hieß, weil er ununterbrochen Zigaretten der Marke „Smart Export" rauchte, war, was Drogen betrifft, hinlänglich bekannt. Er hatte so sehr Angst vor einer Polizeirazzia in seiner Wohnung, dass er sein Marihuana so lange versteckte, bis er es selbst nicht mehr fand. In seiner Verzweiflung bat er einen befreundeten Polizisten, ihm für die Suche einen Drogenhund zur Verfügung zu stellen. Diesen Gefallen tat man ihm natürlich nicht.

Manche kauften Hanfsamen und bauten ihr Gras auf sonnseitigen Hängen selber an. In meiner ersten Zeit in Salzburg gingen wir regelmäßig zur Österreichischen Nationalbank in der Franz-Josef-Straße, weil dort im Garten ein Vogelhäuschen stand, das, so hatte es der Poidl herausgefunden, mit besonderen Hanfsamen als Vogelfutter gefüllt war. Natürlich fielen dabei viele Samen auf den Boden, woraus hohe Cannabisstauden wuchsen. Die ernteten wir nachts und dankten der Natur und der Österreichischen Nationalbank, weil sie uns so großzügig und unentgeltlich mit Drogen versorgte. Heute gibt es dort kein Vogelhäuschen mehr, wie viele Grünflächen wurde auch dieser Garten zubetoniert.

In Salzburg entstanden damals Wohngemeinschaften, in denen es allgemein etwas freizügiger zuging. „Freie Liebe" hieß das Schlagwort im neuen Zusammenleben. Wenn sich Mann und Frau ausschließlich für eine sie allein betreffende Partnerschaft entschieden, wurden sie schnell als kleinbürgerlich und reaktionär beschimpft. Ich selbst wusste nicht, was das Wort „reaktionär" bedeutete, verwendete es aber ganz selbstverständlich, um nicht als reaktionär zu gelten. Wie dem auch sei, viele Wohngemeinschaften scheiterten einfach daran, dass sich einige Mitglieder nicht an den Plan hielten, wer wann das Geschirr in der Küche abzuwaschen hatte. Geschirrspülmaschinen gab es damals noch nicht.

Was die Freizügigkeit zwischen Mann und Frau betrifft, so waren wir Innergebirgler den anderen, zum Beispiel den in die Stadt Salzburg eingewanderten Oberösterreichern weit voraus, lernten wir doch einen diesbezüglichen Umgang bereits von den Touristinnen aus Skandinavien, die uns überraschten und unsere Entwicklung vorantrieben. Der Schweizerhof in Zell am See oder das Bergheim, eine Gaststätte auf einem Hang in Schüttdorf, waren beliebte Ziele. Das Bergheim gehörte den Eltern meines Volksschulfreundes Isidor Wimmer und beherbergte im Sommer immer Gruppen mit skandinavischen Touristen. Während sich die männlichen Mitglieder der Gruppen hauptsächlich alkoholischen Getränken hingaben, die bei ihnen zu Hause ungleich teurer waren als bei uns, interessierten sich die Mädchen für Erfahrungen mit männlichen Innergebirglern, bei denen sie größte Bereitschaft vorfanden. Für sie schien das alles ganz natürlich zu sein, sie redeten nicht lang herum und nahmen wie selbstverständlich die Anti-Baby-Pille. Ich erinnere mich daran, dass im Bergheim eine der skandinavischen Gruppenleiterinnen selbst die Ausgabe der Pille an die Mädchen vornahm und die Einnahme kontrollierte.

Die Nacht der Sommersonnenwende war auf dem Bergheim immer ein besonderes Fest mit fast schon kultischem Charakter. Dann vergnügten sich auf der weitläufigen Wiese und im Wald oberhalb des Bergheims regelmäßig Paare, die sich aus einem Mädchen

aus Schweden oder Dänemark und aus einem innergebirglerischen Burschen zusammensetzten. Während
des Zusammenseins riefen sich die Mädchen lachend
gegenseitig immer wieder Sätze zu, die wir nicht verstanden. Das schien bei denen Sitte zu sein. Um nicht
rückständig und hinterwäldlerisch zu wirken, taten
wir das auch. „Wia gehts dir mit der deinigen?", hörte ich den Werner zum Helmut rufen. „Guat!", rief
der zurück. Und der Othmar rief zum Gerhard hinüber: „Maust schon?" „Na!", rief der Gerhard, worauf
der Othmar antwortete: „I schon!" So lagen wir im
Gras und meinten, den Himmel berühren zu können. Über uns schwebte die Leichtigkeit einer Som-
mernacht und die Melodie von „Venus", die wie eine
silberne Flamme als eines der vielen Sonnwendfeuer
rundherum brannte und es gut mit uns meinte.

Unsere Landeshymnen

Land unsrer Väter, lass jubelnd dich grüßen,
Garten behütet von ew'gem Schnee,
dunkelnden Wäldern träumend zu Füßen
friedliche Dörfer am sonnigen See.
Ob an der Esse die Hämmer sich regen
oder am Pfluge die nervige Hand,
Land unsrer Väter, dir jauchzt es entgegen:
Salzburg, o Salzburg, du Heimatland!

So lautet die erste Strophe der Salzburger Landeshymne, verfasst von Anton Pichler in den Zwanziger-
jahren des zwanzigsten Jahrhunderts. Die Salzburger
singen ihre Landeshymne nicht gern, denn niemand
freut sich wirklich, wenn in seinem Garten ewiger
Schnee liegt. Gerade die Innergebirgler warten bisweilen noch Anfang Mai sehnsüchtig darauf, dass
der Schnee hinter den Häusern endlich zur Gänze
dahinschmilzt. Der vom Schnee behütete Garten in
der Landeshymne steht zwar symbolisch für die Gletscher der Hohen Tauern, aber dennoch will man sich
mit dieser Zeile nicht so recht anfreunden. Auch die
sich regenden Hämmer und die nervige Hand, bei der
man an ein chronisches Nervenleiden denken könnte, sind keine Begriffe, die heute freudig über die
Lippen der Sänger kommen, sie klingen schwerfällig,
veraltet und einfältig. Die von Ernst Sompek kompo-
nierte Melodie kann man sich nur schwer merken,
sie widersetzt sich dem Gefühl eines musikalischen

Durchschnittsmenschen, der einen großen Tonumfang braucht, damit sich ihm dieses Lied erschließen kann. Darum singen nur wenige Salzburger ihre Landeshymne, am ehesten solche, die bei öffentlichen Anlässen dazu genötigt werden, wie Mitglieder der Landesregierung, Kommandanten von Schützenkompanien, Trachtenfrauen, Fahnenmütter, Obmänner von Kameradschaftsbünden und ähnliche Personen, die auf Grund ihrer Funktion die Verbundenheit zu Heimat und Brauchtum zur Schau zu stellen haben.

Vor einigen Jahren gab es Bestrebungen, den Text der österreichischen Bundeshymne geschlechtergerecht zu verändern. Dabei haben sich österreichische Politikerinnen dahingehend durchgesetzt, dass den im Text der Bundeshymne vorherrschenden Männern auch Frauen gleichwertig beigelegt werden. So heißt es seither nicht mehr „Heimat bist du großer Söhne", sondern „Heimat, großer Töchter, Söhne". Da man aber den Beistrich zwischen den Wörtern „Töchter" und „Söhne" zwar lesen, aber nicht hören kann, ist beim Singen der österreichischen Bundeshymne an dieser Stelle immer der Begriff „Töchtersöhne" hörbar, eine Wortschöpfung, die Frauen nicht zur Ehre gereicht. Eine dafür einberufene Kommission einigte sich schließlich auf „Heimat großer Töchter und Söhne." Im Zuge der geschlechtlichen Gleichstellung der „Töchter" in der Bundeshymne forderten auch Salzburger Politikerinnen, den Text der Landeshymne entsprechend anzupassen. „Land unsrer Väter" sollte fortan „Land unsrer Eltern" heißen. Ich habe damals großzügige Erweiterungen vorgeschlagen, damit auch wirklich niemand zu kurz kommt: „Land unsrer Väter und Mütter und Tanten, Onkel und Brüder und aller Verwandten". Mein Vorschlag wurde nicht ernst genommen. So leben wir Salzburger mit einer ungeliebten Landeshymne und blicken neidisch auf die oberösterreichischen Nachbarn, die uns ihre Hymne vom „Hoamatland" bei jeder auch noch so unpassenden Gelegenheit freudigen Herzens herübersingen. Doch sei ihnen gesagt, dass bei allem Respekt vor dem Dichter Franz Stelzhamer der Vergleich der Liebe zur Heimat mit der Liebe eines Hundes zu seinem Herrn auch nicht besonders passend ist. „Hoamatland, di han i so gern! Wia r a Kinderl sein Muatter, a Hünderl sein Herrn."

Einmal war ein Freund aus der Steiermark bei uns zu Besuch und musste unbedingt den Anfang seiner steirischen Landeshymne zum Besten geben, die mit den Worten „Hoch vom Dachstein an, wo der Aar noch haust" beginnt. Mein Sohn Peter, der übrigens seinen Vornamen nicht nach mir, sondern nach meinem Vater bekommen hatte, verstand „Aar noch" als „Arnold" und wunderte sich, dass man für den berühmten steirischen Filmschauspieler Arnold Schwarzenegger so ein blödes Lied hat.

Die Salzburger wollen nicht hinnehmen, zwar ein schönes Land, aber keine schöne Hymne zu haben und suchen nach Alternativen. Das bekannte Lied

„Mei Hoamat, mei Salzburg" des Dichters Otto Pflanzl mit der Musik von Julius Welser kommt dafür leider nicht in Frage. Es ist zwar sehr beliebt, hat aber auf Grund seiner Lieblichkeit keinerlei hymnischen Charakter und klingt in Text und Musik ähnlich wie die oberösterreichische Landeshymne. Otto Pflanzl stammt aus Urfahr bei Linz. Außerdem trug er im Jahr 1938 auf einem Empfang für Adolf Hitler ein selbst verfasstes Gedicht vor, in welchem er diesen als „Mei liaba Führer" bezeichnete.

In ihrer Verzweiflung stießen die Salzburger im Lauf der Jahre auf den „Rainermarsch", ein von Kapellmeister Hans Schmid im Ersten Weltkrieg komponiertes Musikstück, das nach dem „k. u. k. Infanterieregiment Nr. 59 Erzherzog Rainer" benannt wurde und durch den Standort des Regiments einen Bezug zu Salzburg hat. Der Text stammt von Josef Schopper, Regimentsmusiker bei Hans Schmid. Der Musik dieses Marsches kann man sich nur schwer entziehen, sie geht wie viele Militärmärsche leicht ins Ohr. Aber man erkennt eben auch hier den Sinn von Militärmärschen allgemein, Begeisterung und Freude zu vermitteln, wenn Soldaten in den Krieg ziehen. Erwin Wieser, ein entfernter Verwandter von mir und ehemaliger Kapellmeister der Trachtenmusikkapelle Taxenbach, sagte mir einmal, dass ein junger Musiker die Musikkapelle verlassen hat, weil er die kriegerische Ideologie in den Militärmärschen immer schwerer ertragen konnte. Ungeachtet dessen bezeichnen viele

Salzburger den „Rainermarsch" als ihre heimliche Landeshymne und singen öffentlich und ungeniert den Text der ersten Strophe:

Hoch Regiment der Rainer, als tapfer allbekannt,
wir schützen unsre Heimat und unser heilig Land.
Wir siegen oder sterben für unser Heimatland,
dem Feinde zum Verderben,
hoch Salzburg, unser Land!

Dabei ist immer wieder festzustellen, dass manche Sänger die rechte Hand an ihr Herz legen, um besonderen Patriotismus zu bekunden. „Wir siegen oder sterben" tönt es dann aus ihren Kehlen. „Dem Feinde zum Verderben" grölen sie mehr als dass sie singen, und sie scheinen sich nicht zu fragen, was sie da von sich geben, denn die Musik ist ja so schneidig und einladend, so viel besser als die der offiziellen Landeshymne, mit der man unzufrieden ist, für die man sich sogar ein wenig schämt. Doch schämen sie sich nicht dafür, in einem hymnischen Gefühl der Gemeinschaft und Zusammengehörigkeit, begleitet von laut donnernder Marschmusik, gegen einen Feind zu schmettern, den man ins Verderben schicken kann.

Wie eindeutig reagiert doch der Mensch, wenn er mit etwas unzufrieden ist. Er holt sich das Nächstbeste, das ihm gefällt und das zu passen scheint, ohne nachzufragen, was dahinter steckt. Zur Entstehungszeit des Rainermarsches wurde in eindeutiger Weise klar gemacht, wer der Feind war. Wer aber ist dieser Feind im einundzwanzigsten Jahrhundert? Sind es nun doch die Oberösterreicher, die uns Salzburger überheblich belächeln, weil sie die viel schönere Landeshymne haben? Auch wenn Salzburg mit dem Rainermarsch zurückbläst, schöner wird dadurch nichts.

Kunst ist alles

Einer der bedeutendsten Künstler des Pinzgaus ist Anton Thuswaldner aus Kaprun. Als Angestellter bei den Tauernkraftwerken war er ein Arbeitskollege meines Vaters. Mein Vater hatte immer großen Respekt vor diesem Mann, der neben seiner Arbeit bei den Tauernkraftwerken für seine Leidenschaft als Bildhauer lebte und schließlich dadurch belohnt wurde, international sehr geschätzt zu sein. Ich habe oft an ihn gedacht, als ich mich vom Lehrer zum Nebenerwerbskünstler entwickelte. „Freiheit durch Schule", sagte ich, denn meine Anstellung als Lehrer ermöglichte mir eine abgesicherte finanzielle Existenz, bis ich schließlich diesen Beruf aufgeben konnte, um mich ganz der künstlerischen Arbeit zu widmen.

Einmal kamen meine Eltern und ich mit meinen Söhnen Peter und Benjamin auf einer Wanderung am Haus von Anton Thuswaldner vorbei, der gerade in seinem Garten einen Marmorstein bearbeitete. Der fünfjährige Benjamin sagte spontan zu ihm: „Bei dir gehts ja zu wie beim Fred Feuerstein!" Anton Thuswaldner erklärte den Kindern die Bedeutung der Steine und erzählte ihnen, dass sie sogar zu den Menschen sprechen könnten. Zu Hause angekommen suchten sich Peter und Benjamin im Garten einen gemeinsamen Stein, setzten sich und betrachteten ihn. So ruhig habe ich die beiden selten gesehen, vielleicht hat der Stein zu ihnen gesprochen, sie haben es mir nie gesagt.

Im Alter von fünfzehn Jahren hatte ich von Bildhauerei und von bildender Kunst noch sehr wenig Ahnung. In unserem Haus gab es Blumenbilder, die von einer entfernten Verwandten gemalt waren und die wir dieser Verwandten zuliebe aufgehängt hatten. Sehr beeindruckt war ich von den Bildern in der Kirche, Heiligenbilder, die mir Angst machten. Dort gibt es auch das Bild vom Brand des Marktes Zell am See im Jahr 1770 mit der symbolisch dargestellten Mutter Gottes, die leuchtend über dem brennenden Ort schwebt und aussieht, als ob sie etwas damit zu tun hätte. Als mein Vater eines Abends von der Arbeit nach Hause kam, zog er aus der Jackentasche die Kopie eines anonymen Briefes, den Anton Thuswaldner erhalten hatte. „Da schau her, was mei Arbeitskolleg für Briaf kriagt", sagte er. Das Schreiben bezog sich auf eine Ausstellung seiner Kunstwerke in Zell am See und begann mit den Worten: „Die Schlünde der Hölle haben sich geöffnet!" Der unbekannte Schreiber beschimpfte den Bildhauer und bezeichnete seine Objekte als einen obszönen, gesetzlosen Angriff des Teufels auf die von Gott gegebene Ordnung. Das musste ich unbedingt sehen. Ich stellte mir weiß Gott was vor, Darstellungen von überdimensionalen höllischen Gesellen, die einen Menschen nach dem anderen auffressen und dennoch ihren Hunger nicht stillen können, Männer und Frauen, die unzüchtig schamlos durch die Luft fliegen und uns mit ihrem Hohngelächter erniedrigen.

Mit Neugier, Unbehagen und der Gefahr gewärtig, nun sofort einem umtriebigen Satan in die Hände zu fallen, ging ich in den Raum, wo Anton Thuswaldner seine Objekte ausgestellt hatte. Dort standen Baumstämme, die bis zur Decke des niedrigen Raumes reichten. Sie waren entrindet, teilweise in der Mitte gespalten und mit grellen Farben lackiert. Rot, grün, blau, gelb und stumm standen sie inmitten von einigen Leuten, die sich fürchterlich darüber aufregten, dass sie da standen. „Das ist Gotteslästerung!", sagte einer ganz laut. „Das soll Kunst sein?", fragte ein anderer und bekam von einer Dame zur Antwort: „Kunst ist das nicht, aber eine Schweinerei." Einer sagte beiläufig: „Das kann ich auch." Ich fragte mich, warum ein paar angemalte Baumstämme eine derartige Aufregung verursachen konnten. Ohne ihn zu kennen, war mir Anton Thuswaldner sofort sympathisch.

Ich erzählte Hugo Wulz, meinem Lehrer für Bildnerische Erziehung, von den Baumstämmen und fragte ihn: „Was ist eigentlich Kunst?" Er antwortete: „Kunst ist alles. Wenn du einen Schistecken nimmst und in ein Museum stellst, dann wird er zum Kunstwerk. Es kommt immer auf die Umgebung an, auf den Rahmen. Und wenn sich dann Leute aufregen und sagen, das ist keine Kunst, dann ist der Schistecken als Kunstwerk anerkannt. Genau so ist es auch mit Steinen, mit Bäumen und mit dem Rest der Welt." Das gefiel mir und machte es einfach. Die große weite Welt der Kunst war im Pinzgau und bei mir angekommen.

Viele Jahre später, im Herbst 1991, lieferte Anton Thuswaldner einen Beitrag zum 200. Todestag von Wolfgang Amadeus Mozart. Er errichtete auf dem Mozartplatz in der Stadt Salzburg rund um die riesige, schwarzgrüne, von den Tauben angeschissene Statue des großen Komponisten ein Gerüst, auf dem er einige hundert Einkaufswagen aus Drahtgitter, wie man sie in Supermärkten verwendet, aufschichtete. Mit dieser Einrüstung des Denkmals durch Einkaufswagen wollte er auf die hemmungslose Vermarktung des Komponisten durch Wirtschaft und Tourismus aufmerksam machen, auf seine Verkitschung und Verunglimpfung durch gefällige Geschäftemacher. Thuswaldners Aktion führte zu einem Skandal, der die Salzburger einige Wochen lang beschäftigte. „Mozart mit Einkaufswagerln paniert!" war die Schlagzeile in der Neuen Kronen Zeitung. Wie damals bei den Baumstämmen waren wieder viele Leute irritiert und fühlten sich in ihrer Ordnung gestört. Gleichzeitig aber wurde ihnen dadurch eine Bühne geboten, um mit Gleichgesinnten ihre eigene Wichtigkeit öffentlich zu machen. „Das ist keine Kunst!", schimpften sie. „Eine Schande für Salzburg!" „Eine Frechheit!" Und einer sagte beiläufig: „Das kann ich auch."

Anton Thuswaldner hat wieder etwas geschaffen, das mit einfachen Mitteln den Kern einer Sache trifft, verunsichert und herausfordert. Es steht stumm da und bewegt doch, bescheiden, aber wirkungsvoll, eine einfache Ansammlung von Einkaufswagen an einem besonderen Ort. „Es kommt immer auf die Umgebung an, auf den Rahmen", erinnerte ich mich an die Worte von Hugo Wulz. Wolfgang Amadeus Mozart, der zu Lebzeiten in Salzburg nicht gern gesehen war und nach seinem Tod vielen Salzburgern viel Geld eingebracht hat, wurde durch ein paar Einkaufswagen als Mensch geehrt. Ich war stolz auf diese Aktion eines Pinzgauers, der sich nicht darum schert, was Kunst darf und was Kunst soll. Kunst ist alles, vor allem auch Widerstand, Wegweiser zu Unabhängigkeit und Freiheit. Das gab mir ein Gefühl der Unbesiegbarkeit und ließ mich nie wieder los.

In der Schischule

Während meines Studiums an der Universität unterstützten mich meine Eltern finanziell. Um jedoch ein halbwegs angenehmes Leben in der Stadt Salzburg führen zu können, musste ich zusätzlich Geld verdienen.*
Einmal war ich in der Vorweihnachtszeit vom Management eines Kaufhauses als Nikolaus angestellt, der in der Getreidegasse Prospekte und Süßigkeiten verteilte, um die Leute zum Einkaufen zu animieren. Die Nähe des Glühweinstands wurde mir dabei fast zum Verhängnis, weil ich dadurch meine Arbeit niemals nüchtern beendete, was nicht verborgen blieb. Ein vor mir stehendes Kind sagte zu seiner Mutter: „Der Nikolaus riecht wie der Papa."
Dennoch muss ich die Arbeit zur Zufriedenheit meines Arbeitgebers gemacht haben, denn während der Olympischen Spiele in Innsbruck im Winter 1976 steckte man mich in das Kostüm eines Schneemanns aus Styropor, der als Maskottchen der Winterspiele allgemein „Olympiamandl" genannt wurde. So ging ich durch die Stadt und verteilte wieder Prospekte dieses Kaufhauses an die Leute. Manchmal stand ich auch einfach nur da. Dann berührten mich neugierige Menschen, die nicht wussten, dass sich in diesem künstlichen Schneemann ein Mensch verbarg. Damen umfassten gern meine riesige Karottennase und kicherten dabei. Wenn ich mich dann bewegte, liefen sie aufgeschreckt davon.

Ich konnte ganz gut schifahren und hatte die Absicht, während der Weihnachtsferien und der Semesterferien Geld als Schilehrer zu verdienen. Darum meldete ich mich bei einer der zahlreichen Schischulen des Innergebirgs. Natürlich braucht man auch für diesen Beruf eine Ausbildung. Da aber Not am Mann war, nahm man mich nach einem zweitägigen privaten Intensivkurs, gehalten vom Schischulleiter persönlich, als Hilfsschilehrer. Seine kurze Einführung in die Welt eines Schipädagogen mit dem leicht zu verstehenden Grundsatz „Vom Bekannten zum Unbekannten, vom Einfachen zum Schwierigen" reichte neben Hausverstand, menschlichem Einfühlungsvermögen und guten schifahrerischen Kenntnissen aus, um erwachsene Anfänger zu unterrichten. Ich wurde von ihm mit wichtigen Begriffen des österreichischen Schischullehrplans vertraut gemacht. Besonders beeindruckte mich der Begriff „Beckenkurbel", eine Methode, um den Schischülern die Achse des Beckens parallel zur Achse der Schultern und der Knie in einer Einheit mit der Neigung der Schipiste einzurichten. Dabei klemmte man das Becken des Schischülers zwischen zwei Schistöcke und bewegte es langsam in eine parallele Stellung zur Hangneigung. Interessanterweise wurde diese Methode hauptsächlich bei Schischülerinnen angewendet.

„Haxn zsamm!" war ein weiterer wichtiger Begriff, und „Steckn zruck!" beherrschte ich bald schon in mehreren Sprachen, vom Hochdeutschen bis zum Niederländischen, wo es klang wie: „stoken achtern!"

Außerdem sprach ich gut Englisch, was kein Nachteil war. Als Jahrzehnte später die Gäste aus Russland das Schifahren im Innergebirg entdeckten, machte man sogar einmal einen seit kurzem im Pinzgau lebenden Sachsen aus der ehemaligen DDR, der bis dahin überhaupt nicht schifahren konnte, bloß auf Grund seiner Kenntnisse der russischen Sprache zum Schilehrer.

Viele Schilehrer waren Söhne von Bergbauern, die im Sommer auf den Höfen arbeiteten. Da sie gewohnt waren, ihren Alltag nach Bauernregeln einzurichten, versuchten sie nun, auch für ihre Tätigkeit als Schilehrer Regeln zu finden. „Zwoa Steckn, an Schnee und zwoa Brettln, mehr brauchst nit zum Schussfahrn und Wedeln" war ein beliebter Spruch vom Fredl aus Piesendorf. Für einen besonders kreativen Sprücheklopfer hielt sich der Heli aus Bruckberg. „Je weniger Summer, desto kälter wirds Jahr, je größer die Glatze, desto weniger Haar" oder „Wennst vü Bier saufst, werst voll, des is gar nit so schwar, wennst nachand brunzen gehst, bist wieder laar" sind nur zwei seiner harmloseren, wie er sie nannte, Pinzgauer Weisheiten.
Einer meiner schon länger dienenden Kollegen, der Reini aus Taxenbach, sagte abends in der Diskothek gern zu einer Touristin, von der er annahm, dass sie vielleicht etwas von ihm hätte wollen mögen: „Dirnei, heut hast a Pech. Weil bei uns Schilehrer is des a so: Den oan Tag is des Saufen dran, den andern Tag die Weiber. Und heut is Saufen." Da er diesen Spruch fast jeden Abend von sich gab, wurde mir langsam

klar, dass seine so genannte Schilehrerregel als Ausrede herhalten musste. Immerhin beherrschte er das sogar auf Englisch. Einmal setzte sich der Reini zu mir an den Tisch und sagte, weil er nicht gleich bedient wurde: „Gibts denn da koa Könerin?" Da meine neben mir sitzende Schischülerin Jutta aus Köln statt Kellnerin Kölnerin verstand, fragte sie mich freudig, ob hier noch andere Frauen aus Köln seien.

In Erinnerung bleibt mir unser Schischulleiter auch als selbsternannter Erfinder der Diebstahlsicherung für die vor den Schihütten abgestellten Schi. „Eure Schi miassts nur falsch zsamm steckn, den Schi von dem oan mit dem Schi von dem andern. Wann dann oaner a Paar Schi stiehlt, merkt er glei, dass er mit zwoa ungleiche Schi nit fahren kann und lassts liegn." Wir befolgten zwar diesen Rat unseres Chefs, hatten aber nach dem Verlassen der Schihütte selbst oft größte Probleme, die zusammengehörenden Paare zu finden.

Bevor zu Weihnachten die Schikurse richtig los gingen, musste ich im Keller der Schischule arbeiten, wo man einen Schi- und Schischuhverleih eingerichtet hatte. Ich stellte für die angehenden Wintersportler eine umfassende Ausrüstung zusammen und richtete die Bindungen mit einem Schraubenzieher entsprechend ein. Die Mutter des Schischulleiters gab das Geld in eine auf dem Ladentisch stehende Keksdose. Die Einnahmen des ersten Tages einer vielversprechend begonnenen Wintersaison waren so hoch, dass diese Frau die überfüllte Blechdose am Abend nicht mehr ganz schließen konnte und sich auf die Dose setzte, um die darin befindlichen Geldscheine niederzudrücken. Das tat sie mit sichtlichem Vergnügen.

Ein Schikurs dauerte fünf Tage, dann konnten die meisten Anfänger, so sie nicht völlig untalentiert waren, auch schwierige Schipisten bewältigen. Zu Beginn der Saison, in der Weihnachtszeit, war die Stimmung unter uns Schilehrern fast immer bestens. Als ich im Februar während der Semesterferien wieder in die Schischule kam, waren die Schilehrer, die hier den ganzen Winter lang unterrichteten, oft schon abgearbeitet, müde von den ewig gleichen sich Tag für Tag wiederholenden Abläufen, fertig vom Erzählen der immer gleichen Sprüche, gezeichnet von einem ständigen Alkoholkonsum. So hingen sie abends in der Diskothek herum, und nicht einmal mehr der Reini sagte seinen Spruch vom Saufen und von den Weibern, er soff nur noch.

* Als Student arbeitete ich unter anderem im Malersaal des Salzburger Festspielhauses, worüber ich in der Geschichte „Herbert von Karajan hat mit mir geredet" im Buch „Out of Innergebirg" berichte.

Limbergstollen

Der Name Kaprun geht zurück auf „Kotbrunnen", wobei das Wort „Kot" nichts mit Schmutz zu tun hat, sondern im Keltischen „Wald" bedeutet. Was in Kaprun mit einem kleinen Brunnen im Wald begann, hat sich im zwanzigsten Jahrhundert durch die Stauseen zu einer gewaltigen Welt des Wassers entwickelt. Beeindruckend sind die Staumauer der Limbergsperre und die beiden höher gelegenen Staumauern am Moserboden.

Während der Sommerferien 1974 und 1976 arbeitete ich bei der KAG, der Kesselfall Alpenhaus Gesellschaft, einer Organisation, die neben dem Betrieb einer Gastwirtschaft auch die Besucher zu den Stauseen der Tauernkraftwerke befördert. Um dorthin zu gelangen, muss man auch heute noch sein Auto auf dem Parkplatz in der Nähe des Kesselfall Alpenhauses abstellen und mit einem Bus weiter fahren. Die Straße ist jedoch an einer steilen Stelle unterbrochen, die auf zwei Wegen überwunden werden kann. Einerseits gibt es den Lärchwand-Schrägaufzug, um die Besucher auf einem Hang den Berg hinauf und wieder hinunter zu befördern, andererseits einen seit kurzem für die neue Kraftwerksanlage Limberg II erbauten langen Tunnel für die Busse. Vor dem Bau dieses Tunnels hatten die Touristen als Alternative zum Lärchwand-Schrägaufzug den Limbergstollen, in dem eine unterirdische schräg hinaufführende Bahn bis zur Limbergsperre fuhr. Diese Bahn war im Winter für den Transport der Arbeiter zum Kraftwerk notwendig und ist heute nicht mehr in Betrieb. Damals hatte ich die Aufgabe, im Stollen die Touristen, nachdem ich ihre Fahrkarten kontrolliert hatte, in den Wagen einzuweisen, der aufwärts fuhr. Oben war jemand für den Wagen mit den abwärts fahrenden Touristen zuständig. Zwei Mitarbeiter der Tauernkraftwerke, der Schauerhofer Kurt und der Rexeisen Bruno, waren die Fahrer der beiden Wagen. So ging es den ganzen Tag dahin, vier Tage hintereinander, auf die zwei freie Tage folgten. Man nannte uns Stollenhunde.

Da die meisten Touristen den Lärchwand-Schrägaufzug in der frischen Luft nahmen, war bei uns im Stollen nicht besonders viel los. So hatte ich immer genügend Zeit, um mich abwechselnd mit den beiden Fahrern, die schon viele Jahre bei den Tauernkraftwerken beschäftigt waren, zu unterhalten. Der Rexeisen Bruno hatte bereits beim Bau der Staumauern und Kraftwerksanlagen in den Fünfzigerjahren mitgearbeitet. Damals hat es ihm auch die Finger seiner linken Hand abgerissen, als er das Stahlseil einer Materialseilbahn festhielt, es aber plötzlich aus einer Spule sprang und in großem Tempo durch seine Hand lief. Er erzählte mir Geschichten vom Kraftwerksbau, interessante, uninteressante und seltsame. „Wenn uns oben auf der Baustelle der Weg zum Abort z'weit war, dann sind wir Arbeiter halt irgendwo ins Gelände gangen und habn dort hingschissn. Unser Vorarbeiter war oaner, den koaner mögn hat. Wegen jedem Scheiß hat er uns angschrian und zur Sau gmacht. Oamoi habn si der Schober Hermann und i denkt, wir tuan dem Vorarbeiter was z'fleiß. Und wia der Vorarbeiter scheißn gangen is, sand wir ihm heimlich nach und habn uns hinter an Bretterhaufen versteckt. Bei dem Baulärm hat er uns ja nit hörn können. Und wia er si dann hinghockt hat, habn wir a langs Brettl gnommen. I hab ja damals noch alle meine Finger ghabt. Des Brettl habn wir ihm dann untern Arsch gschobn, ohne dass er was gmerkt hat. Er hat dann auf des Brettl draufgschissn. Wir habn des Brettl sofort wegzogn und versteckt. Und es is ja a so, dass der Mensch nachschaut, was er da hingmacht hat. Er hat also gschaut, aber nix gfundn. Dann is er aufgstandn, hat si hin und her draht, hat sei Hosn untersuacht, aber da war nix. Völlig durcheinand is er dann wieder an die Arbeit. Er hat natürlich mit neamd drüber gredt. Was hätt er a sagn solln? Später is er dann schwermütig wordn und bald gstorbn. Der Schober Hermann is si ganz sicher, dass die Schwermut was mit unserm Brettl z'tuan hat. I hätt des nia für möglich ghaltn, dass si so a Scheiß auf a ganzes Lebn auswirkn kann."

Im Gegensatz zum redseligen Rexeisen Bruno machte der Schauerhofer Kurt einen ernsten, verschlossenen Eindruck. Wenn er etwas sagte, dann redete er nur davon, bald in Pension gehen zu können, seine Ruhe zu haben, keinem Vorgesetzten mehr gehorchen zu müssen und endlich das tun zu können, was er wollte. Was das sein würde, habe ich nie von ihm erfahren. Er war klein und dick. Ich fragte ihn einmal, ob ich ihn abmessen dürfte. Da er nichts dagegen hatte, brachte ich von meiner Mutter ein Maßband mit und nahm die Größe und den Bauchumfang des Schauerhofer Kurt. Meine Vermutung wurde bestätigt. Er war mehr breit als lang, einhundertfünfundsechzig Zentimeter betrug sein Bauchumfang, einhundertdreiundsechzig Zentimeter seine Körpergröße. Der Rexeisen Bruno und ich haben oft gelacht über dieses seltsame Verhältnis körperlicher Ausmaße und nannten den Schauerhofer Kurt seither nur noch den „laufenden Meter", was ihm vollkommen egal war. Er, der selber wenig Freude im Leben zu haben schien, freute sich, auf diese Art zur allgemeinen Unterhaltung im Limbergstollen beitragen zu können. Dann grinste er breit über das ganze runde Gesicht und dachte an die Freude, die er erst als Pensionist haben würde.

Einen Monat nach seinem Pensionsantritt starb der Schauerhofer Kurt völlig unerwartet. Ich stand beim Begräbnis neben dem Rexeisen Bruno, der sich mit seiner fingerlosen Hand die Tränen aus den Augen wischte. „Erinnerst dich, wia wir ihn abgmessn habn?", fragte ich ihn. „Mehr broat als lang", antwortete der Rexeisen Bruno, „so war sei Lebn." Und ich begriff, wie unmöglich es ist, an einem Leben Maß zu nehmen.

Ein Stück Käse

Schon als Kind wollte ich kein Fleisch essen. Das ist auch heute noch so. Erklärungen dafür kann man suchen, aber schwer finden. Meine Großmutter hatte Hühner, die hinter dem Haus herumflatterten. Als ich eines Tages blutige Hühnerfedern in der Mülltonne sah und bemerkte, dass ein Huhn fehlte, war mir klar, was das bedeutete. Einmal beobachtete ich zufällig im hinteren Raum einer Metzgerei, wie der Metzger mit einem schweren Holzhammer so lange auf die Köpfe von herum gehenden Schweinen schlug, bis sie tot waren. Ich sah auch, wie Nachbarn mit einer Lizenz zum Jagen an die Holzwände ihrer Scheunen immer wieder die Häute von geschossenen Hasen oder Rehkitzen nagelten, um sie trocknen zu lassen. Vielleicht kommt meine Abneigung gegen Fleisch von derartigen Erlebnissen, ich weiß es nicht, es ist auch völlig egal. Mir hat Fleisch einfach noch nie geschmeckt.

Meine Eltern waren der landläufigen Meinung, dass ein Kind für ein gesundes Wachstum und für eine ausgewogene Ernährung Fleisch brauche. Sie wollten, dass ich Fleisch esse, denn sie meinten es gut mit mir. Während des Mittagessens kaute ich manchmal lang an einem Stück Zwiebelrostbraten herum, versteckte es zwischen Zunge und Wange, um dieses widerliche breiige Etwas später im Garten auszuspucken. Meine Eltern gaben es irgendwann auf, mich mit Fleisch füttern zu wollen. Mein Vater warf mir vor, undankbar zu sein, denn früher waren Fleischgerichte für Leute wie uns unbezahlbar. Nun, wo wir uns das an den Wochenenden leisten konnten, kam meine Ablehnung einem Frevel gleich. Wäre er gläubig gewesen, hätte er vielleicht sogar „Sünde" gesagt. Und meine Mutter meinte: „So wird aus dem Buam nia nix werdn!" Ich kam unbeschwert durch meine Kindheit und stelle fest, dass mein Verzicht auf Fleisch an mir keine nennenswerten Schäden hinterlassen hat.

Schon als Kind liebte ich Käse über alles. Das ist auch heute noch so. Es soll erwiesen sein, dass Käse einige Nährstoffe des Fleisches ersetzt. Ich weiß es nicht, es ist auch völlig egal. Mir schmeckt Käse einfach. Da hatte ich in meinem Onkel Sepp einen großen Verbündeten. Er machte mir schon sehr früh den Pinzgauer Kaas schmackhaft, dessen umwerfender Geruch im internationalen Käsesortiment seinesgleichen sucht, aber nur schwer findet. Sogar der berüchtigte Schlierbacher Schlosskäse stinkt im Vergleich dazu ab. Wenn mein Onkel Sepp, der in Ybbs an der Donau lebte, nach einem Besuch in Zell am See wie üblich mit einem Laib Pinzgauer Kaas im Gepäck im Zug nach Niederösterreich saß, hatte er immer ein Abteil für sich allein.
Als ich später die Welt entdeckte, war Käse auch ein Grund dafür, dass Frankreich ein beliebtes Reiseziel wurde, wo man an jedem Tag des Jahres einen anderen Käse probieren kann. „Wie soll man ein Land

regieren, das 365 verschiedene Sorten Käse hat?",
fragte sich schon der französische Staatspräsident
Charles de Gaulle.

Diese Leidenschaft begleitet mich durch mein kuli-
narisches Leben und war sogar daran beteiligt, dass
ich begann, Theaterstücke zu schreiben. Im Jahr 1989
spielte man an der Elisabethbühne in Salzburg das
Kindermusical „Der Lebkuchenmann" von David
Wood. Da die Übersetzung der Liedertexte ins Deutsche so schlecht war, bat man mich, neue Texte zu
dieser Musik zu verfassen. Ich machte das gern, war es
doch ein Auftrag, der mich als möglichen zukünftigen
Autor forderte und mir 3.000,- Schilling einbrachte,
die ich umgehend in eine gebrauchte Stratocaster
E-Gitarre investierte. Das Stück wurde ein großer Erfolg. Mein Freund Cosi Göhlert, der eigentlich Manfred heißt und wegen seiner angeblichen Sanftheit
den Spitznamen Cosi bekam, hatte die musikalische
Leitung des Lebkuchenmanns. Als wir eines Abends
bei ihm in der Küche zusammen saßen, sagte er: „So a
Kindermusical können wir a schreibn." Dann servierte er Brot und Käse, weil er wusste, dass ich das gern
mag. „Wir machen koa Musical, sondern a Cheesical", sagte ich spontan und dachte an ein Lied, das ich
vor einigen Jahren geschrieben hatte, ein Lied über
einen Ritter, der lieber Käse essen will als zu kämp-
fen, ein Held, der keiner ist. Diesen Ritter nannte ich
„Ritter Kamenbert", nicht nur wegen des berühmten
französischen Weichkäses, sondern auch wegen seines

an andere Ritter wie „Kunibert" oder „Adalbert" erinnernden Namens. Cosi sagte: „Käse? Des gibts doch nit!" „Grad, weils des noch nit gibt, machen wir es", antwortete ich. Das gefiel ihm. Er stellte sich eine Musik vor, die sicher nichts mit Käse zu tun haben würde. Das gefiel mir.

Er holte Ernst Wolfsgruber ins Team, der auch ein paar Melodien zu unserem geplanten Stück beisteuerte und dessen Sohn Vinzenz die Idee mit der Tarnkappe hatte, die der unvorsichtige Ritter Kamenbert seinem Pferd aufsetzt, das seither unsichtbar durch die Szenen des Cheesicals galoppiert.

Ich war voll von Ideen und machte mich an die Arbeit. Da ich eigentlich ein fauler Mensch bin, arbeite ich prinzipiell schnell, um nach getaner Arbeit gleich wieder faul sein zu dürfen. Ich wollte etwas schaffen, das Kindern und Erwachsenen gleichermaßen gefällt. So schrieb ich konsequent vor mich hin, sah immer die Zuschauer vor mir, die sich die Zeit nehmen würden, ins Theater zu kommen, um sich unser Stück anzusehen. Ich versuchte, eine Geschichte zu erfinden, die instinktiv das Gefühl der Theaterbesucher trifft, das Herz der Menschen, um dann vom Herzen ins Hirn zu gelangen. Beim Schreiben bemerkte ich schließlich, dass ich jede einzelne Szene, jede einzelne Figur und jeden Liedertext in einer eigenen Farbe spürte und dass ich sie wie Bilder sah. Mal waren sie hauptsächlich blau, mal rot, mal gelb und so weiter. Und wenn ich in der vorherrschenden Grundfarbe einen Farbklecks entdeckte, der hier nicht hin passte, veränderte ich den Text so lang, bis dieser Klecks verschwunden war und für mich alles stimmte. Mit solchen Gefühlen und Vorstellungen habe ich zu schreiben begonnen, so schreibe ich auch heute noch.

Während der Entstehung des „Ritter Kamenbert" waren meine beiden Söhne Peter und Benjamin sieben und fünf Jahre alt. Wenn sie mich fragten, wie ich denn das mit der Geschichte von diesem Käseritter mache, sagte ich: „Bei einer Geschichte brauchen wir einen Anfang und ein Ende. Das in der Mitte finden wir dann schon." Das Verfassen einer Geschichte oder eines Theaterstücks ist für mich wie das Errichten eines Gebäudes. Ich muss zu Beginn wissen, wie es am Schluss aussehen wird, sonst hält die Konstruktion nicht und stürzt womöglich ein. Meine Eltern waren beide Handwerker, mein Vater arbeitete mit Holz, meine Mutter mit Leder. Ich sehe mich als Handwerker, dessen Material die Wörter sind.

Als im Herbst 1990 die erste Fassung fertig war, führten Peter, Benjamin und ihr Freund Paul aus der Nachbarswohnung den „Ritter Kamenbert" im Kinderzimmer auf, mit bescheidenen Mitteln und großteils frei improvisiertem Text, aber mit größtem Einsatz. Die Kinder aus der Nachbarschaft waren begeistert. Jede Vorstellung war eine neue Überraschung, weil die drei Schauspieler, die natürlich alle Rollen spielten, den Text nur bruchstückhaft konnten und die Geschichte irgendwie darstellten. Da wurden sogar gewisse Kinderserien im Fernsehen nebensächlich.

Langsam entstand auch die Musik zum Cheesical, ein Ohrwurm nach dem anderen. Ich schickte den Text des Stückes und eine Musikkassette mit einigen Liedern zur Begutachtung an verschiedene Theater und Theaterverlage, in der Erwartung, man möge es an einer Bühne aufführen. Wenn ich überhaupt eine Antwort bekam, war sie negativ. Das Stück sei viel zu witzig, schrieb man mir, es sei zu wenig witzig, schrieb jemand anderer, nicht spannend, dann wieder viel zu handlungsreich, für Kinder ungeeignet, weil es große pädagogische Defizite aufweise, da „persönliche Wertfindung" fehle und am Ende des Stückes kein Böser gut wird. Aber, dachte ich, auch in der Wirklichkeit werden die Bösen nicht gut. Warum soll man den Kindern etwas vorspielen, was in der Wirklichkeit gar nicht so ist? Da habe ich ein unmoralisches, pädagogisch fragwürdiges Stück geschrieben, das aber meine Kinder und ihre Freunde über alles lieben. Meine Enttäuschung über diese Urteile war groß, mein Zweifel an mir selbst war noch größer. Der Zweifel ist der große Bruder der Kreativität. Man kann sich seine Verwandtschaft eben nicht aussuchen. Ich befürchtete, dass es dem Ritter Kamenbert und seinen Freunden bestimmt sein würde, in meiner Schreibtischlade zu verschimmeln.

Ich zeigte das Stück einer Freundin, der Schauspielerin Daniela Enzi von der Elisabethbühne in Salzburg.

Sie gab es ihrer Intendantin. Aus irgendeinem Grund hat es dieser gefallen, sie wollte es an ihrem Theater unter der Regie von Wolfgang Schröter aufführen lassen. Meine Kinder bestanden mit Erfolg darauf, dass sich der Regisseur eine ihrer Aufführungen im Kinderzimmer unserer Wohnung ansehe, damit er das Stück auch wirklich verstehe. Wegen der natürlichen Nervosität der Kinder geriet die Aufführung zu einem unverständlichen Durcheinander. Der sechsjährige Benjamin sagte als Käseritter während der ganzen Aufführung kein Wort. Später darauf angesprochen, meinte er nur, dass er seine Rolle so sehr gespürt hatte, dass sie sich auch ohne Worte auf die Zuschauer übertragen musste. Das tat sie zwar, aber nicht in dem von ihm angenommenen Ausmaß.

Am Donnerstag, dem 28. November 1991, fand um 15 Uhr die Welturaufführung unseres „Ritter Kamenbert" an der Elisabethbühne in Salzburg statt. Sie war ein großer Erfolg und begründete den Siegeszug des ersten Käseritters der Geschichte auf die Bretter, die die Welt bedeuten. Zwanzig Jahre später zählte unser Cheesical über eine Million Besucher. In der Spielzeit 1995/96 landete „Ritter Kamenbert" sogar auf Platz neunzehn der meist gespielten Bühnenwerke im deutschsprachigen Raum, den Platz vor ihm belegte Goethes „Faust I", den Platz dahinter Bertolt Brechts „Dreigroschenoper". Wir waren alle sehr stolz auf diese berühmte Nachbarschaft. Sogar der große Bruder Zweifel war für einen Moment lang still.

Am Ende der siebten Klasse im Gymnasium Zell am See hatten wir Schüler einen ganzen Tag lang eine Testserie zu absolvieren, deren Ergebnisse uns zeigen sollten, für welchen Beruf wir besonders geeignet wären. Der Betreuer dieser Tests war Herr Dr. Faschinger vom Amt der Salzburger Landesregierung. Er sagte mir am Ende dieses Tages, dass ich auf Grund meiner Testergebnisse ein sehr gutes räumliches Vorstellungsvermögen hätte und für den Beruf des Architekten besonders begabt wäre. Da ich aber kein großes Genie im Rechnen war und Zahlen in der Architektur eine große Rolle spielen, kam für mich dieser Beruf nicht in Frage.

Einige Jahre nach der Uraufführung des „Ritter Kamenbert" kam Herr Dr. Faschinger zu mir in die Sprechstunde, da ich als Lehrer seinen Sohn in Französisch unterrichtete. Ich sprach ihn auch auf die Eignungstests an, die er an den Gymnasien des Landes Salzburg durchführte. Als ich ihm sagte, dass er mir damals geraten hatte, Architekt zu werden, meinte er: „Und jetzt sind Sie Lehrer. Na, da hab ich mich aber ziemlich geirrt. Machen Sie sonst noch was?"

„Ich schreibe Theaterstücke", sagte ich.

Herr Dr. Faschinger freute sich: „Dann hab ich mich ja doch nicht getäuscht. Denn Theaterstücke schreiben ist nichts anderes als Architektur mit Wörtern."

Petersbrunnhof

Ich war Lehrer für Deutsch und Französisch am Bundes-realgymnasium in Salzburg und wohnte, nicht weit von der Schule entfernt, im Stadtteil Nonntal. Mein Weg zur Schule führte ebenso wie der Schulweg meiner beiden Söhne Peter und Benjamin, neun und acht Jahre alt, am Petersbrunnhof vorbei.

Dieses denkmalgeschützte Gebäude, ein ehemaliger Gutshof des Stiftes Sankt Peter aus dem siebzehnten Jahrhundert, wurde 1976 von Jugendlichen besetzt, die ihn für künstlerische Aktivitäten nutzten. 1984 kaufte das Land Salzburg die Liegenschaft vom Stift Sankt Peter, ließ Renovierungsarbeiten am Gebäude durchführen und stellte es der kulturellen Szene Salzburgs zur Verfügung. Neben einigen außergewöhnlichen Veranstaltungen bleibt mir eine in besonderer Erinnerung. Vier in der Halle des Petersbrunnhofs aufgehängte Dieselmotoren, von alten Lastwagen ausgebaut und von einer Autowerkstatt mit Kunstnähe zur Verfügung gestellt, wurden einer nach dem anderen gestartet und eine Stunde lang über die Betätigung der Gaskabel mal lauter, mal weniger laut, aber niemals leise in gegenseitige Schwingungen gebracht. Die Künstler nannten das ein motorisches Raumkonzert mit direktem Draht ins Weltall, die Anrainer des Petersbrunnhofs nannten es Belästigung mit direkter Belärmung der Trommelfelle und riefen die Polizei. Zwei Polizisten erschienen nach Ende des Konzerts, als sich die im Raum schwebenden Abgase der Motoren ruhig auf die spärlich erschienenen Zuschauer legten. Es konnte keine Lärmbelästigung festgestellt werden.

Als man in der Stadtregierung dem Druck der Kulturschaffenden nachgab, eine einmalige Erscheinung in der Geschichte Salzburgs, und neue Kulturstätten gründete, verlor der Petersbrunnhof an Bedeutung. Eine Initiative gesellschaftlich an den Rand gedrängter Jugendlicher mit der Bezeichnung „Kulturwerkstatt" fand dort ihre Heimat und taufte das Gebäude illegalerweise in „Thomas-Bernhard-Hof" um, was aber fast niemandem auffiel. Wir Nachbarn hatten mit ihnen ein angenehmes Auskommen, ihre kulturellen Veranstaltungen dienten dem sozialen Zweck der Integration von Jugendlichen und waren leise. Im Hintergrund bemühte sich die Elisabethbühne, die unter einer Kirche im Stadtteil Itzling beheimatet war, den Petersbrunnhof für sich als neues Theaterhaus zu mieten. Von Seiten des Besitzers der Liegenschaft, der Salzburger Landesregierung, hieß es immer, dass man daran denke, den ganzen Hof zu einem schönen, großen Kulturzentrum umzubauen, in dem neben der Salzburger Volkskultur auch die Elisabethbühne ihren Platz finden werde. Abreißen könne man dieses baufällige Gebäude nicht, da es denkmalgeschützt sei, aber umbauen werde man es, das stehe fest. Eine gute Sache, denn Abgerissenes reißt oft mehr Risse in die Kultur als Umgebautes. Außerdem ist das Gebäude sowieso schon abgerissen im Sinne von alt, baufällig und renovierungsbedürftig. Warum dieser Plan der Landesregierung nicht endlich umgesetzt wurde, verstand keiner. Es hieß, dass die derzeitigen Mieter, also die Leute von der Kulturwerkstatt, mit dem Land Salzburg einen unkündbaren Mietvertrag und einen aufrechten Nutzungsvertrag hätten, hartnäckig gegen die Pläne des Landes Widerstand leisteten und gegen Räumungsklagen immer wieder erfolgreich in die Berufung gingen. So zog sich das dahin.

Dienstag, 11. Mai 1993. Mein Sohn Benjamin kommt von der Schule nach Hause und bringt eine leere Patronenhülse mit, die er auf seinem Schulweg in der Nähe des Petersbrunnhofs gefunden hat. Ich führe das auf das Gerümpel zurück, das dort herumliegt.

Mittwoch, 12. Mai. Ich bekomme Besuch von einer Nachbarin. „Du kennst ja die Leute im Petersbrunnhof ganz gut?", fragt sie mich. „Ganz gut wäre übertrieben", antworte ich, „ich kenne sie halt. War aber schon länger nicht bei ihnen drüben." „So geht das wirklich nicht!", sagt sie nun. Dann sprudeln innerhalb kurzer Zeit so viele Wörter aus ihr heraus, dass ich mich frage, wo denn die in dieser Frau alle Platz hatten. Ihre sechzehnjährige Tochter sei von Bewohnern des Petersbrunnhofs belästigt worden. „Bürgerschwein" haben sie zu ihr gesagt, warte nur, bald bist du dran. Einer habe sie sogar verfolgt und ihr gedroht, sie zu fassen, zu packen und zu kriegen. Und die Freundin ihrer Tochter haben sie sogar geschlagen. „Du kennst ja diese Leute dort, red einmal mit ihnen! Was zu weit geht, geht zu weit. Denn so geht das wirklich nicht."

Ich stehe da und staune. So geht das wirklich nicht. Die Leute im Petersbrunnhof, nicht einmal hundert Meter von uns entfernt, sehen nicht so aus, als würden sie jemanden belästigen. Ich nehme mir vor, noch am Abend hinüberzugehen und mit Gerio, dem Leiter der Kulturwerkstatt, zu reden. Nicht nur, weil ich das der Nachbarin versprochen habe, sondern auch, weil ich wissen will, was da los ist, wegen der Nachbarschaft und überhaupt. Außerdem gibt es noch die Sache mit der Patronenhülse.

Statt auf Gerio und seine kulturbeflissenen Jugendlichen treffe ich auf zwanzig kahlgeschorene, teilweise militärisch gekleidete junge Männer, die sich um einen Tisch versammelt haben, auf dem Bierflaschen stehen. Die sehen aus wie Neonazis, denke ich und habe Recht. Unter ihnen befindet sich auch mein fünfzehnjähriger Schüler Bernie, der mich den anderen als seinen Professor vorstellt. Jemanden aus ihrer Gruppe zu kennen, lässt das allgemeine Misstrauen gegen mich schwinden. Einer stellt sich mir als Jochen vor. Als ich ihn nach Gerio und der Kulturwerkstatt frage, teilt er mir mit, dass ihnen Gerio das Gebäude überlassen hat und nur noch selten vorbei kommt, weil er mit Nazis nichts zu tun haben will. Jochen bezeichnet sich also eindeutig und stolz als Nazi.

Ich wundere mich, einen Mönch bei diesen Männern zu sehen. Sein Name ist Pater Dietmar Aust, ein Deutscher, der im Kloster Sankt Sebastian in der Linzergasse wohnt. Seine Aufgabe als Geistlicher sieht er darin, sich um diese armen, irregeleiteten jungen Männer zu kümmern. Sonst tut ja keiner was für sie, meint er. „Was sagt die Polizei dazu?", frage ich. „Die Polizei", antwortet der Pater, „ist einverstanden, dass sie sich hier aufhalten. Früher waren sie auf den Straßen und Plätzen der Stadt verstreut. Nun, an einem Ort konzentriert, stören sie das Salzburger Stadtbild nicht mehr und können leichter überwacht werden." „Und diese Linken", sagt Jochen, „die vorher hier drin waren, sind auch weg."

An einem der Männer entdecke ich eine Pistole, die er an einem Halfter am Gürtel trägt. Er nennt sich Roger und kämpfte bis vor kurzem als Söldner im Jugoslawienkrieg auf der Seite einer rechtsextremen kroatischen, offiziell verbotenen Truppe. So erzählt es mir mein Schüler Bernie mit großem Respekt vor diesem großen, muskulösen Helden. „Manchmal macht er sogar Schießübungen mit uns." Daher also die Patronenhülse. Ich bin ziemlich sprachlos, verabschiede mich kurz, gehe zurück nach Hause und berichte meiner Frau Gaby von den Vorgängen im Petersbrunnhof. Sie ist ebenso entsetzt wie ich. Da entsteht in unserer direkten Nachbarschaft ein neonazistisches Zentrum, das von der Polizei geduldet wird. Ich schlafe schlecht.

Donnerstag, 13. Mai. Gerio, der Leiter der Kulturwerkstatt, kommt im Buffet der Universität in der Akademiestraße aufgeregt auf mich zu: „Diese Neonazis haben uns aus dem Petersbrunnhof vertrieben! Sie haben mich geentert und das Gebäude besetzt!" Er erstattete deswegen Anzeige bei der Polizei. Man teilte ihm mit, dass der Petersbrunnhof heute Nachmittag geräumt werde.

Am Abend gehe ich zum Petersbrunnhof hinüber, die Neonazis sind immer noch da, zahlreicher als gestern, da auch einige Gleichgesinnte aus Deutschland angereist sind. Auch einige Mädchen sind dabei. Eine Räumung des Geländes hat nicht stattgefunden. Mein Schüler Bernie biegt um eine Ecke und kommt schnell auf mich zu. Er wird von zwei Jugendlichen gepackt. Einer zieht sein Messer. „Was macht ihr da!", schreie ich sie an. „Bernie ist ein Verräter!", sagt der eine, der sich Gustl nennt. „Wir ritzen ihm ein Hakenkreuz auf die Stirn!" „Sofort aufhören!", sage ich ruhig und bestimmt, so wie ich es vom Umgang mit einigen meiner Schüler gewohnt bin. Dieser Ton wirkt. Sie lassen Bernie laufen. Jetzt verstehe ich auch, warum er vorhin so schnell auf mich zukam, er wollte beschützt werden. Jochen sagt mir nun, dass am Nachmittag zwei Polizisten vorbeigekommen seien, die ihnen geraten hätten, sich von den Anrainern nicht provozieren zu lassen. Mit Anrainer bin anscheinend ich gemeint. Dann zeigt er mir stolz nazistisches Propagandamaterial, eindeutige Broschüren, die Pater Aust aus Deutschland mitgebracht hat. Ich rede mit den anderen darüber, freundlich und eindeutig in meiner Ablehnung dieser Gesinnung. Pater Aust sagt mir, dass man diesen armen, verwahrlosten, orientierungslosen Jugendlichen eine Heimat geben müsse, Halt in einer ablehnenden Gesellschaft. Gustl klagt darüber, dass für alle möglichen Jugendgruppen in dieser Stadt etwas getan werde, dass es Jugendzentren und Kulturzentren für alle gebe, sogar schon für die Türken, nur für die Rechten gebe es nichts, für die fühle sich keiner zuständig. Da wäre es doch in Ordnung, dass auch sie nun einen Platz, ein gemeinsames Haus hätten. Und dieses Haus soll das Haus der Rechten sein, ein Zentrum für die rechtsradikale Bewegung in Deutschland und Österreich, in Salzburg nahe der deutschen Grenze. „Hier versammeln wir uns, hier bereiten wir uns auf den großen Kampf vor." Ich kann kaum glauben, was ich da höre. „Und heute Abend gibt es ein großes Fest. Du kannst auch kommen, wenn du willst." Auch wenn ich keiner von ihnen bin, ein für sie zwar harmloser, aber doch erklärter Gegner ihrer Anschauungen, finden sie es wichtig, sich mit mir als Anrainer zu vertragen.

Auf meinem Weg nach Hause bemerke ich fremde, ähnlich gekleidete Männer, bei denen es sich offensichtlich um Polizisten in Zivil handelt. In der Nacht hören wir, wie vom Petersbrunnhof Lärm zu uns herüber dringt, ein von der Polizei gut bewachter Lärm.

Freitag, 14. Mai. Auf dem Weg zur Schule sehe ich Roger, der versucht, auf der Straße mit einigen Schülern ins Gespräch zu kommen. Da ich von Bernie gehört habe, dass sich Roger sein Geld mit dem Handel von Drogen verdient, vermute ich, dass er Drogen verkaufen will. Ich stelle ihn zur Rede und sage ihm, er solle sich hier nie wieder blicken lassen. Er wird künftig nicht mehr in der Nähe des Schulgeländes gesehen.

Als ich später am Petersbrunnhof vorbeikomme, fällt mir auf, dass einige der Jugendlichen von gestern fehlen. Was war los? Ich erfahre von Gustl, dass als Vorbereitung auf den schon erwähnten Kampf des Guten gegen das Böse gestern im Rahmen des großen Festes Übungen abgehalten worden sind, militärische Übungen, die jedoch unter Einfluss von Alkohol und auf Grund von Meinungsverschiedenheiten in Schlägereien ausarteten, was dazu führte, dass man begann, im Petersbrunnhof alles kurz und klein zu schlagen. Nun ist das Dach beschädigt, es regnet hinein, was dem Gebäude sicher nicht gut tut. Einige der Bewohner sind im Spital, einige sind abgehauen, andere wurden in schwer alkoholisiertem Zustand von ihren Angehörigen abgeholt.

Samstag, 15. Mai. Gaby sagt mir, dass gestern einer der Neonazis eine Frau aus der Nachbarschaft von ihrem Fahrrad gestoßen habe und mit ihrem Fahrrad davon gefahren sei. Die Frau wurde leicht verletzt von der Rettung ins Krankenhaus gebracht. Der Arzt hat den Vorfall bei der Polizei angezeigt.

Sonntag, 16. Mai. Alles ist ruhig. Im und vor dem Petersbrunnhof sind die Neonazis, die sich manchmal mit
militärischen Übungen wie Exerzieren oder Nahkampf-
training vergnügen, rund um das Gelände die Polizisten. Einige Polizisten kennen mich schon und grüßen
mich stumm. Bernie wurde in die Gruppe offensichtlich wieder aufgenommen, er winkt mir freundlich
zu, als er mich von weitem sieht. Ich beschließe, mit
den Schülern der Klasse, in der sich Bernie zwar befindet, aber nur selten anwesend ist, ab morgen das
Theaterstück „Biedermann und die Brandstifter" von
Max Frisch zu lesen, in dem es darum geht, dass Herr
Biedermann durchaus von den gefährlichen Brand-
stiftern weiß, die sich in seinem Haus eingenistet haben, er aber aus Angst nichts gegen sie unternimmt
und sie sogar noch freundlich bewirtet. Und in der
Sache Petersbrunnhof werde ich etwas unternehmen.

Montag, 17. Mai. Ich rufe eine mir bekannte Dame
vom ORF an, verabrede mich mit ihr und erzähle ihr
von den neonazistischen Vorfällen. Sie begleitet mich
zum Petersbrunnhof und ist entsetzt über das dorti-
ge Treiben. Morgen will sie mit einem Fernsehteam
kommen. Die Neonazis sind begeistert, dass das Fernsehen über sie berichten wird. Pater Aust warnt sie da-
vor, über ihre Gesinnung offen zu reden, da sie deswegen verhaftet werden könnten. NS-Wiederbetätigung
ist strafbar. Doch das kümmert die anderen wenig, sie
freuen sich, eine breite Öffentlichkeit zu bekommen
und danken mir, dass ich ihnen das ermögliche. Jochen

sagt, dass auch Hitler wegen seiner Gesinnung im Gefängnis war. „Da muss man durch! Ohne Opfer kein Sieg!" Am nächsten Tag ist Pater Aust nicht dabei.

Dienstag, 18. Mai. Am Nachmittag kommt die Dame vom ORF mit ihrem Fernsehteam zum Petersbrunnhof. Gustl, Jochen und Roger reden freimütig über ihre Gesinnung, über ihre Verherrlichung des NS-Regimes, über ihre Ablehnung von Ausländern, sofern sie keine Deutschen sind, sie halten Propagandamaterial in die Kamera und zeigen Schlagstöcke, SS-Totenkopfringe und Hakenkreuzflaggen. Roger präsentiert stolz seine Pistole und sagt „I bin a Nazi". Am Abend bringt das Lokalfernsehen einen Bericht über die Neonazis im Petersbrunnhof. Daraufhin wird Jochen wegen Fahrraddiebstahls verhaftet, er war es, der vor drei Tagen die Nachbarin vom Fahrrad stieß und mit ihrem Fahrrad davonfuhr. Roger und Gustl tauchen unter.

Mittwoch, 19. Mai. Der Salzburger Landtag hält eine planmäßige Sitzung ab. Eine Abgeordnete der SPÖ spricht den Fernsehbericht von gestern an und bringt eine dringliche Anfrage bezüglich der Zustände um den Petersbrunnhof ein. Die Abgeordneten aller Fraktionen sind sich einig, dass es hier um Rechtsradikalismus geht, dass eine Straffälligkeit im Sinne des NS-Wiederbetätigungsgesetzes vorliegt und dass Maßnahmen ergriffen werden müssen. Man spricht von einer Räumung des Petersbrunnhofs und von der

Vertreibung seiner unrechtmäßigen Bewohner. Einige Abgeordnete fügen noch hinzu, dass Rechtsradikalismus ebenso verwerflich sei wie Linksradikalismus. Der Chef der Freiheitlichen Partei, Karl Schnell, ein Innergebirgler, der im Pinzgau „Gach Charly" genannt wird und eine Schulstufe hinter mir das Gymnasium in Zell am See absolviert hat, setzt sich dafür ein, nicht länger zu warten, sondern sofort mit diesen Vorkommnissen im Petersbrunnhof aufzuräumen und das Gebäude endlich für die Elisabethbühne umzubauen. Von einem Mitglied der Freiheitlichen Partei, die in diesem Land das rechte Lager vertritt, hätte man das am wenigsten erwartet.

Donnerstag, 20. Mai. Bernie teilt mir im Unterricht mit, dass er gestern von Polizisten verhört worden ist. „Sag deinem Professor, er soll sich nicht einmischen, denn das ist Sache der Polizei", haben sie ihm aufgetragen. Ich mische mich vorerst nicht mehr ein und warte auf die in der Landtagssitzung einstimmig beschlossene Räumung.

Samstag, 22. Mai. Der Petersbrunnhof als Hauptquartier der Rechten bekommt seit dem Bericht im Fernsehen und in den Zeitungen regen Zulauf. Jugendliche suchen ihre Heimat, Eltern suchen ihre Kinder, Großväter kommen mit ihren Enkelkindern vorbei und erzählen von damals, als es noch einen Führer gab. Ein Werbefachmann bietet Nachhilfe im Sinne politischer Propaganda an, damit nicht wieder solche Pannen wie beim letzten Fernsehauftritt passieren, der zu Verhaftungen geführt hat. Das interessiert niemanden. Pater Aust hat Kassetten mit Wehrmachtsliedern gebracht, die nach Einbruch der Dunkelheit gespielt werden. „Die Fahne hoch, die Reihen fest geschlossen." Im Hof brennt ein Lagerfeuer. Alte Männer kommen mit Bier und Würsten und setzen sich dazu. Man träumt gemeinsam von großen Taten aus vergangenen Zeiten und von einer großen Zukunft nach dem Sieg über die verdorbene, dekadente Gesellschaft. Nachts, wenn nach übermäßigem Alkoholgenuss die Aggressionen ausbrechen, arbeitet man weiterhin in Einigkeit an der systematischen Zerstörung des Gebäudes, das innen bereits total verwüstet ist.

Montag, 24. Mai. Von der angekündigten Räumung des Petersbrunnhofs ist nichts zu bemerken. Ich treffe Jochen, der in der Zwischenzeit wieder frei gekommen ist. Er hat neuen Mut: „Uns geht es gut. Immer mehr Leute kommen zu uns. Die rechte Revolution wird siegen. Und dann bist du der erste im Konzentrationslager." Die Sympathien mir gegenüber sind seit seinem Aufenthalt in der Untersuchungshaft weg. Ich meide nun den Petersbrunnhof und warte, dass von Seiten des Staates etwas gegen die wachsende rechte Gefahr getan wird. Gustl stellt sich der Polizei und wird festgenommen. Roger bleibt unauffindbar.

Freitag, 28. Mai. Wir leben in Angst. Ich beobachte das Geschehen um den Petersbrunnhof, ähnlich wie die Polizisten, vom Rand aus. Ich hoffe weiter darauf, dass endlich geräumt wird, aber nichts dergleichen geschieht. Was sollen wir tun? Am Abend besucht uns Willi Klinger, ein langjähriger Freund. Wir feiern ein fröhliches Wiedersehen. Ich erzähle Willi von den Ereignissen in unserer unmittelbaren Nachbarschaft. Er ist entsetzt darüber, dass von offizieller Seite nicht vehement eingeschritten wird und sagt spontan, mehr aus Spaß, einfach so daher: „Das riecht nach einer Immobilienspekulation. Man wartet, bis die Neonazis den Petersbrunnhof so weit demoliert haben, dass man ihn wegen Baufälligkeit abreißen muss. Dann ist das mit dem Denkmalschutz nicht mehr so genau, und man kann auf diesem Grundstück schöne, neue, teure Wohnungen oder Büros bauen. Das wäre nicht der erste Bauskandal in Salzburg: Denkt an den Erzbischof Wolf-Dietrich! Der hat die ganze Stadt anzünden lassen, um sie neu zu erbauen." Wir lachen über diese wahnwitzige, aus der Luft gegriffene Idee. Ich gebe zu bedenken, dass Karl Schnell als führendes Mitglied der Landesregierung nicht mehr warten will, sondern sich dafür einsetzt, dass die Neonazis sofort vertrieben werden. Gaby meint nur: „Das mit der Immobilienspekulation haben ihm die anderen wahrscheinlich nicht gesagt, weil er immer alle Geheimnisse ausplaudert." Das klingt einleuchtend, denn Karl Schnell ist bekannt dafür, alles seinem Bundesparteivorsitzenden zu erzählen und seine Entscheidungen mit ihm zu besprechen. „Da muss ich erst den Jörg fragen", ist eine seiner Äußerungen.

Sonntag, 30. Mai. Es ist unangenehm zu wissen, dass in unmittelbarer Nachbarschaft ein rechtsradikales Zentrum heranwächst, wo sich an diesem Wochenende über hundert Personen eingefunden haben, die Polizisten nicht mitgerechnet. Dass wir etwas dagegen tun müssen, ist klar. Ich kann doch nicht bei meinen Schülern „Biedermann und die Brandstifter" als Beispiel für fehlende Zivilcourage zitieren und wie Herr Biedermann vor einer drohenden Gefahr die Augen verschließen.

Montag, 31. Mai. Ich rufe die Dame vom ORF an und teile ihr mit, dass in der ganzen Stadt erzählt wird, man warte zu, bis die Neonazis den Petersbrunnhof soweit zerstört haben, dass er abbruchreif ist. Dann könne man auf diesem Grundstück Wohnungen oder Büros errichten. „Frag mal nach bei der Landesregierung, was an diesem Gerücht dran ist!" Sie ist erstaunt darüber, von diesem anscheinend so weit verbreiteten Gerücht noch nichts gehört zu haben und will dem nachgehen. Dass von diesem Gerücht nur Willi, Gaby und ich gehört haben, sage ich ihr natürlich nicht.

Dienstag, 15. Juni. Ich treffe die Dame vom ORF bei einer Kulturveranstaltung. Sie spricht mich sofort an und sagt mir, vor kurzem ein wichtiges Mitglied der Landesregierung mit diesem allseits bekannten Gerücht um den Petersbrunnhof konfrontiert zu haben. Der Politiker habe wütend und verstört reagiert und das Gespräch mit ihr sofort abgebrochen.

Donnerstag, 17. Juni. Der Petersbrunnhof wird von der Polizei geräumt, seine Besetzer werden vertrieben, das Gebäude wird verschlossen, vernagelt und verbarrikadiert. „Wer die Barrikaden abbricht, begeht Hausfriedensbruch und macht sich strafbar", verkündet man offiziell. Soll das bedeuten, dass Willi Klingers Idee doch nicht ganz aus der Luft gegriffen war?

Einerlei! Das Ergebnis freut uns, die Gründe, die dazu geführt haben, werden wir nicht erfahren. Durch das Fehlen eines gemeinsamen Zentrums löst sich die Neonaziszene in Salzburg auf, die einzelnen Mitglieder verschwinden. Man hat nichts mehr von ihnen gehört.

Im Dezember 1993 beginnen die Umbauarbeiten für die Elisabethbühne, die im Mai 1996 im neuen Petersbrunnhof den Theaterbetrieb mit dem Kindermusical „Alex die Piratenratte" eröffnet. Meine Schüler wählen „Biedermann und die Brandstifter" zu ihrem Lieblingsbuch, auch wenn es nur ein Theaterstück ist.

20. März 1996. Mein ehemaliger Schüler Bernie stirbt an übermäßigem Alkoholkonsum. „Bernie war nie ein Neonazi", sagt mir einer seiner Freunde, „er suchte Geborgenheit und Anerkennung, die er in der Gemeinschaft der Neonazis fand. Als diese Gemeinschaft zerfiel, wurde er heimatlos." Ich wünsche ihm, er hätte seine Heimat woanders gefunden. Ich wünsche ihm, ich hätte ihm einen Weg in seine Heimat zeigen können. Diese Wünsche haben ihn nicht erreicht. Ich frage mich, wie richtig und wie falsch wir handeln.

Rauriser Frühling

Seit über vierzig Jahren finden alljährlich die „Rauriser Literaturtage" statt, die das Tal in den Hohen Tauern für ein paar Tage in eine aufgeregte internationale Stimmung bringen und der Literatur ein großartiges Fest bieten. Im April 1997 lautete das Motto „Literatur und Musik". Es wurden Künstler nach Rauris eingeladen, die sowohl Schriftsteller als auch Musiker sind. Ich war einer von ihnen und präsentierte gemeinsam mit dem Gitarristen Reinhold Kletzander meine vertonten Gedichte.

Für den letzten Abend erwarteten wir den bayrischen Liedermacher Konstantin Wecker, der im Hotel Rauriser Hof ein Konzert geben sollte. Brita Steinwendtner, die Leiterin der Literaturtage, wünschte sich im Anschluss an Weckers Auftritt eine gemeinsame Session aller beteiligten Künstler. Und ausgerechnet mir übertrug sie spontan die Aufgabe, das zu organisieren. Sie bestellte uns am Nachmittag in den Gasthof „Zur Schütt" nach Wörth, um bei einem gemeinsamen Essen den musikalisch-literarischen Abend zu besprechen. Wir versammelten uns um einen großen Tisch, ich saß zwischen Reinhold Kletzander und Hermann Nitsch, der mit seinem blutigen Orgien-Mysterien-Theater und mit sogenannten Schüttbildern, bei denen er kübelweise Farbe auf eine Leinwand schüttet, bekannt geworden war. „Dann passt er ja bestens in den Gasthof Zur Schütt", meinte Reinhold.

Neben Hermann Nitsch saß der Dichter Bodo Hell, neben Reinhold Kletzander der Schweizer Autor und Musiker Franz Hohler. Im Gespräch mit Hermann Nitsch erinnerte ich mich an meinen Lehrer für bildnerische Erziehung Hugo Wulz, der mir einmal im Nachmittagsunterricht erlaubt hatte, barfuß in einen Kübel mit Farbe zu steigen, danach mit den Füßen auf Zeichenblättern herumzutrampeln und somit einerseits ein Kunstwerk zu schaffen und andererseits meine Aggression über den Schulalltag auszuleben. Als mir Hermann Nitsch gerade den Zusammenhang zwischen Blut und Katholizismus erklärte, kam Konstantin Wecker in die Gaststube. Brita bot ihm einen Platz zwischen Reinhold und mir an, damit wir beim Essen in aller Ruhe den gemeinsamen Auftritt besprechen könnten, der heute nach seinem Konzert stattfinden sollte. Konstantin Wecker meinte, gemeinsam könnten wir, wenn überhaupt, höchstens ein „We shall overcome" zusammenbringen. Alles andere müsste genau geprobt werden. Sonst würden wir uns total blamieren. Da habe er Erfahrung.

Der Wirt servierte das Essen, jedem einen großen Teller voll mit Pinzgauer Spezialitäten, Geselchtes, Blutwurst, „Blattl", also Fleisch in Blätterteig, Schweinsbratwürste und mehr. Den Rest stellte er in großen Schüsseln in die Mitte des Tisches. Trotz meiner Pinzgauer Herkunft esse ich kein Fleisch, Reinhold Kletzander hatte keinen besonderen Hunger, Bodo Hell sah nicht so aus, als wollte er viel essen, Franz

Hohler drückte es im Magen. Konstantin Wecker sagte mir, dass er gerade auf Diät sei und überhaupt nur Gemüse zu sich nehme. Es gab zwar auch etwas Sauerkraut und Erdäpfel-Nidei, doch der Teller vor uns war hauptsächlich mit Fleischlichem in allen Varianten gefüllt. So blickten wir lustlos auf das Essen und überlegten, was wir tun könnten, um nicht unhöflich zu wirken. Konstantin Wecker berichtete von seinem Aufenthalt im Gefängnis, wo er kürzlich wegen Kokainbesitz einige Wochen verbringen musste. „Wenigstens habens mir im Häfn die saudumme Kokserei ausgetrieben", sagte er, worauf ich mir nicht verkneifen konnte, die erste Zeile von John Lennons „Imagine" anzustimmen: „Imagine, there's no Häfn ..." Brita saß uns gegenüber am anderen Ende des Tisches und schien sich auf den gemeinsamen Abend zu freuen. Franz Hohler sah aus dem Fenster und bemerkte, dass es heute ausnahmsweise einmal nicht schneite, wo doch in den letzten Tagen immer wieder Schnee gefallen war, obwohl wir schon längst Frühling hatten. Neben mir hatte Hermann Nitsch seine Portion bereits verspeist, saß nun vor dem leeren Teller und vertiefte sich mit seinem Nachbarn Bodo Hell in ein Gespräch über den Zusammenhang zwischen Blut und Katholizismus. Ich schob, ohne dass er es bemerkte, eine Blutwurst von meinem Teller auf seinen. Das sah Konstantin Wecker, legte seine Würste auf meinen Teller und deutete zu Hermann Nitsch. „Imagine, there's no Hermann", flüsterte er mir zu. Reinhold Kletzander machte mit seinen Würsten dasselbe.

Auch Franz Hohler ließ über unsere Teller sein Essen in Richtung Nitsch bewegen. Schließlich waren unsere Teller fast leer und vermittelten den Eindruck, als hätten wir alles brav aufgegessen. Auf dem Teller von Hermann Nitsch jedoch türmten sich die Würste und das Fleisch. Das Gespräch mit Bodo Hell muss so anregend gewesen sein, dass er die Anhäufung der Nahrung auf seinem Teller nicht bemerkte. Als er sich von der Schüssel in der Mitte des Tisches neues Essen nehmen wollte, sah er plötzlich den Fleischberg und Wursthaufen vor sich und war sichtlich erfreut über dieses Wunder der Vermehrung. Dann faltete er die Hände, lächelte, blickte zum Himmel und sagte, strahlend über das ganze Gesicht: „So ein Glück! Wenn der Mensch was zu essen hat, dann gehts ihm gut." Da wir nun staunend Hermann Nitsch beobachteten, wie er voll Demut und Dankbarkeit diese riesige Menge an Nahrung problemlos in seinem fülligen Körper verteilte, vergaßen wir ganz darauf, den gemeinsamen Auftritt zu besprechen. Beim Hinausgehen fragte mich Brita Steinwendtner, was wir heute Abend machen wollten, denn es kam ihr vor, dass wir darüber gar nicht gesprochen hatten. Ich beruhigte sie und sagte, uns würde schon etwas einfallen, schließlich haben wir uns beim gemeinsamen Essen überaus gut verstanden und eine eingeschworene Zusammengehörigkeit entwickelt.

Am Abend waren fünfhundert Besucher im voll besetzten Rauriser Hof, die eine hinreißende Literatur-

und Musiksession erleben durften, an der fast alle anwesenden Autoren teilnahmen. Ohne irgend etwas vorher geprobt zu haben, improvisierten wir bis lang nach Mitternacht vor begeistertem Publikum, Wecker spielte Klavier und sang, Reinhold und ich spielten Gitarre und sangen dazu, die „Interpreten" unterstützten uns an Percussion und Saxophonen, Peter Weber und Bodo Hell begleiteten uns auf der Maultrommel, Jürg Laederach am Saxophon. Der Schweizer Franz Hohler, der mit seinem Cello in der allgemeinen Lautstärke etwas unterging, nahm plötzlich ein Mikrophon zur Hand und unterlegte die Musik mit einem spontan verfassten Gedicht:

„Wir sind beim Neuwirt gsi, s hat gschneit.
Wir sind beim Platzwirt gsi, s hat gschneit.
Wir sind beim Grimmingwirt gsi, s hat gschneit.
Das ist der Rauriser Frühling!"

Hermann Nitsch saß bis zum Schluss in der ersten Reihe, die Hände über seinem Bauch gefaltet und noch immer strahlend über das ganze Gesicht. Am nächsten Vormittag hatte er seinen Auftritt als Musiker und spielte auf der Orgel in der Kirche von Bucheben eine seiner Symphonien. Er legte dabei die Finger auf die Tasten der Orgel und ließ sie vierzig Minuten lang so liegen. Währenddessen begann es draußen zu schneien.

Das Adventsingen

Als euer Fremdenverkehrsverbandsobmannstellvertreter erfüllt es mich mit Ergriffenheit zu sehen, dass eine Vielzahl von interessierten Mitmenschen nicht nur aus der Nähe, sondern auch aus ferner Liefen in meine Mitte gekommen ist, äh, sind. So darf ich neben den von entlegeneren Tälern herausgepilgerten Mitmenschen auch heruntergekommene Bergbauern mit freudigem Herzen begrüßen.

Worum geht es in dieser unserer Versammlung? Ich sage es frei heraus, ohne großartig herumzuschweifen. Es geht mir, also uns, um eine flächendeckende touristische Belebung der sogenannten Zwischensaison, auch Vorsaison oder tote Saison genannt. Dabei liegt mir, also uns, ganz besonders die Vorweihnachtszeit am Herzen, die sich einer entsprechenden Nutzung geradezu aufdrängt. Was andere können, können wir, also ich, schon lang, und was der Landeshauptstadt einen Nutzen bringt, kann auch uns keinen Schaden zufügen. Darum werden auch wir ein ordentliches Adventsingen organisieren, das alle Stückeln spielt und das Althergebrachte alt aussehen lässt. Was brauchen wir für so ein Adventsingen? Für so ein Adventsingen brauchen wir einen Advent und einen Gesang. Den Advent schneit es uns jedes Mal umsonst herein, womit ich so ein Adventsingen schon zu fünfzig Prozent ausfinanziert hätte. Und singen kann bei uns bald einmal wer. Grad vorgestern hat der Meislinger Joschi beim Kirchenwirt die „Gamserl schwarz und braun" so inbrünstig angestimmt, dass der Kirchenwirt ganz feuchte Augen gekriegt hat, weil daraufhin so viel Bier und Schnaps wie schon lange nicht mehr gegangen ist, äh, gegangen sind. Das allein zeigt mir, also uns, dass so ein Adventsingen dem guten Zweck dient, dass der Reinerlös uns allen zugute kommt, also mir.

Eines gleich vorweg! Rund um unser Adventsingen wird natürlich auch für das leibliche Wohl gesorgt sein, in Form von Schweinsbratwürsteln und Leberkas an Erdäpfelpüree. Und für die Vegetarischen, von denen es sogar schon bei den Katholischen ein paar geben soll, hätten wir dann Germknödeln und Brezensuppe. Den Ausschank, also Glühwein, Jagatee und Bauernschnaps, übernimmt dankenswerterweise der Betrinkowitsch Peda von der Niederschütt Alm. Das wäre dann also schon fix ausgemacht.

Und so werde ich, euer Einverständnis vorausgesetzt, woran ich nicht im geringsten zweifle, alle unsere vorsaisonalen Bemühungen zu Weihnachten hin richten, die gesanglichen wie die besinnlichen, die sich ja gerade im Advent einander die Hände geben. Wenn es draußen dämmert, ist es bei uns herinnen bereits finster. Das nütze ich aus, also wir, indem wir unser Adventsingen unter das gemeinsame Motto stellen: „Uns is a Liacht aufganga!" Mit dem von mir kostspielig entwickelten Etikett „Made in Hoamat" soll es zukünftig übergreifende Verbindungen verschiedenster traditioneller Bräuche geben. Alt und Jung werden sich in der zu gründenden „Alzheimer Generationenmusi" wiederfinden und Ensembles der ernsten Musik, die bisher unkommerziell Kirchenlieder von Johann Sebastian Bach und Friedrich Händel zum Besten gegeben haben, werden unter dem Begriff „Bachhändl" eine gemeinsame Einheit bilden. Aber nicht nur musikalisch, sondern auch sonst folgen meine Überlegungen der althergebrachten Tradition. Denken wir nur an den Lärmbrauch des Christkindl-Anschießens durch unsere Handbölerschützen, der nicht aussterben darf. Ich trete dafür ein, dass sich meine ebenso rührige wie unerschrockene Gattin Christine einmalig als Christkindl zur Verfügung stellen wird.

Klarerweise vernachlässige ich natürlich nicht den zeitlos beliebten Brauch des Gedichtaufsagens. Hierbei kann auch Selbstverfasstes zum Zuge kommen, wobei mir klar sein muss, also uns, dass so ein Gedicht besinnlich zu sein hat und dass es sich reimt, weil gerade in der Vorweihnachtszeit die Reimlichkeit mit der Besinnlichkeit Seite an Seite marschiert, äh, marschieren. Die Buchinger Jasmin könnte dabei ihr Gedicht „Lass die Freude rein" ebenso zum Besten geben wie der umtriebige Wastl Seebacher sein Pinzgauer Kleinod mit dem Titel „Der kleine Pinz". Nachdenklich berühren wird uns der Laimer Kurt mit einem Auszug aus seinen Überlegungen zum menschlichen Dasein, die uns allen unter dem Titel „Kurts Geschichten" von seiner Lesung beim Kirchenwirt in Erinnerung sein dürften.

Nicht vergessen werden darf natürlich die traditionelle Zuschauerausstellung, äh, die traditionelle Zurschaustellung von Proponenten der wahren und unverfälschten Einfalt. Damit komme ich zum Kern meines, also unseres Anliegens. Gerade Tiere und Kinder verkörpern in unserem Kulturkreis etwas Unschuldiges und Unverfälschtes. Und wo liegt bei Tieren und Kindern der gemeinsame Nenner? Ich habe es dank intensiver Studien heraus gefunden: Bei den Hiatabuam! Eventuell in dieser Versammlung anwesenden Angehörigen einer hochsprachlichen Zunge seien die Hiatabuam als Hüterknaben ausgedeutscht. Denn die Hiatabuam sind der Humus eines jeden Adventsingens. Wir aber werden meinem, also unserem kommerziellen Zeitgeist entsprechend auch das eine oder andere Hiatadirndl einer adventlichen Verwertung als Hiatabua zuführen. Weil es dabei viel zu singen gibt und zwar nicht nur in der gängigen Tonart Dur, sondern sogar rauf und runter in Moll, bevorzugen wir Hiatadirndln der molligen Art. Es werden also alle greifbaren Buam und Dirndln zwischen sieben und zwölf zu einem diesbezüglichen Hering eingeladen, ich meine natürlich Hearing. Das ist Englisch und bedeutet Casting. Eine von mir fachlich ausgewiesene Jury wird sich unter meinem Vorsitz mit dem vorhandenen Material auseinandersetzen, ich meine, zusammensetzen. Von Vorteil für uns alle wäre es hierbei, dass die Kandidaten treuherzig dreinschauen, brav reden, schön singen und eventuell ein Musikinstrument beherrschen. Dabei denke ich an Tuba, Posaune oder Alphorn, damit unsere Hiatabuam der Heiligen Familie ordentlich den Marsch blasen können.

Und ich erwarte mir von unserer kinderreichen Bevölkerung, dass sie sich je nach Entsprechung mit einem Hiatabuam oder mit einem Hiatadirndl indentifisziert, äh, indentifszieren, also präsentieren. Nur so können wir unsere Vorweihnachtszeit mit Hiatabuam jedweden Geschlechtes überschwemmen, sodass sich das Publikum in meinem, also in unserem Sinne kommerziell derartig hingibt, weil es nicht mehr weiß, ob es ein Mandl ist oder ein Weibl. Und wenn das Ganze ein Erfolg wird, wovon ich vehement ausgehe, dann werde ich als Fremdenverkehrsverbandsobmannstellvertreter unser Adventsingen auch im Sommertourismus einsetzen, weil etwas zur rechten Zeit auf die Beine Gestelltes immer so zeitlos ist wie unser Fremdenverkehrsverband. Nebenbei ist allgemein dringend anzumerken, dass die Zeitlosigkeit unseres Fremdenverkehrsverbandsobmanns beizeiten einmal zu hinterfragen wäre, von mir, also von uns.

Sellamse

Seit einigen Jahren sind in Zell am See und Umgebung vermehrt Touristen aus dem arabischen Raum anzutreffen. Sie bewegen sich langsam in Gruppen durch die Gegend, oft geht ein beleibter Mann im Trainingsanzug voran, umringt von Kindern, gefolgt von Frauen, die von oben bis unten mit dunklen, langen, wallenden Gewändern bekleidet und deren Gesichter oft von Schleiern verhüllt sind. So will es die moslemische Sitte. Anfangs waren die Einheimischen noch verwundert über diese für das innergebirglerische Ortsbild unübliche Aufmachung, nun bleibt ihnen nichts anderes übrig, als sich langsam daran zu gewöhnen. In den Sommermonaten, sofern sie nicht den arabischen Fastenmonat Ramadan betreffen, ist Zell am See mit Touristen aus den Emiraten am Persischen Golf und Saudi-Arabien voll. Im Jahr 2013 zählte die Region Zell am See-Kaprun 275.000 Nächtigungen arabischer Gäste. Diese Begeisterung für Zell am See kommt von einer vor Jahren initiierten bescheidenen Tourismuswerbung im arabischen Raum, die eine unerwartet große Wirkung erzielte und mittlerweile wieder eingestellt wurde. Die Fotos in den Prospekten zeigten den Zeller See inmitten von grünen, bewaldeten Berghängen mit schneebedeckten Gipfeln. So ähnlich soll anscheinend in einem heiligen Buch der Moslems das Paradies beschrieben sein, grüne Matten, weiße Spitzen und Wasser, so weit das Auge reicht. Die meisten Gäste kommen aber aus dem einfachen Grund, der Hitze in ihrer Heimat zu entgehen und Kühle und Wasser zu finden, das bei ihnen selten und bei uns im Überfluss vorhanden ist. Der Zeller See, die Krimmler Wasserfälle und die Speicherseen der Kraftwerke in Kaprun üben auf Leute, die von heißer Luft und Wüstenstaub genug haben, eine magische Anziehungskraft aus. Sehr beliebt ist auch eine Fahrt mit der Seilbahn auf die Spitze des Kitzsteinhorns, um das ewige Eis der Gletscher zu erleben und dem Himmel nah zu sein. Dort wurde zum großen Spaß der Touristen eine Rutsche in den Schnee gebaut. Einmal fragte mich ein Araber, wie er denn auf die Spitze des Kitzsteinhorns komme. Ich erklärte es ihm und fragte, warum er dorthin wolle. „I want to be close to Allah", antwortete er ergriffen und blickte zum Himmel. „Oh", sagte ich, „I did not know that Allah lives on the Kitzsteinhorn."

Sie kommen gern und zahlreich, finden uns Innergebirgler überaus freundlich und freuen sich über den Regen, der Touristen ansonsten eher vertreibt. Und manche dieser Gäste, so sagt man, verbringen nicht nur ihren Urlaub hier, sondern investieren in aller Stille in heimische Immobilien, beispielsweise als Miteigentümer von Appartements und Hotelanlagen in der Gegend von Zell am See, das sie liebevoll „Sellamse" nennen. Bei jedem Wetter sind die Araber mit Elektrobooten auf dem Zeller See unterwegs und halten ihre Hände ins Wasser. Die Boote der Bootsvermietung Scheicher sind dabei besonders gefragt, vielleicht spielt auch der an „Scheich" erinnernde Name eine Rolle. Männer wie Frauen tragen sehr gern große Sonnenbrillen, was im Sommer nichts Ungewöhnliches ist. Meine Mutter sagte einmal: „Die arabischen Mander habn nur Sonnenbrilln auf, damit man nit merkt, dass sie andauernd unsere Weiber nachschaun. Aber wehe, ihre Weiber schauerten auf unsere Mander."

Der Hahn Poidl erzählte mir, dass er an einem sonnigen Tag, so wie er es immer tut, nur mit Sandalen und einer kurzen Hose bekleidet vom Strandbad zu seinem Auto ging. Als er zufällig an einem arabischen Ehepaar vorbei kam, hielt der Mann seiner Frau sofort die Hand vor die Augen, damit sie den unbekleideten Oberkörper des Hahn Poidl nicht sehe. Meine Mutter meinte dazu: „Die sind schon komisch. Beim Bacher Fred mit seiner Wampn tät i des verstehn, aber doch nit beim Hahn Poidl, der eh dauernd sportelt und schwimmt und joggt und mountainbeikt."

Im Gegensatz zu Zell am See, wo sich besonders viele arabische Urlauber aufhalten, kommen in das nahe gelegene Glemmtal viele jüdische Gäste, die dort bevorzugt im Time Design Hotel „Alpen-Karawanserei" wohnen, wo man sich an die Gebräuche der orthodoxen Juden angepasst hat und ihre Nahrungsvorschriften beachtet, die zu Beginn jeder Saison von einem extra angereisten Rabbiner peinlich genau kontrolliert werden. Zwischen Zell am See und dem Eingang ins Glemmtal steht die Sausteige, ein Berg, den der

Messner Fritz einmal als „Golanhöhe des Pinzgaus"
bezeichnet hat. Da auch die jüdischen Gäste gern mit
dem Elektroboot auf dem Zeller See fahren, warten
sie in stiller Eintracht gemeinsam mit den Arabern
bei der Bootsvermietung Scheicher geduldig auf ein
frei werdendes Boot.

Die Fischnaller Ulli und die Sillaber Walli, wegen ihrer beeindruckenden Oberweite auch Silikon Walli genannt, saßen im Sommer gern auf der Terrasse eines
Cafés in Zell am See. Beide waren der heißen Jahreszeit angepasst spärlich bekleidet, knappe Bluse, kurzer
Rock und Sandalen. Auf der Terrasse saßen auch einige arabische Gäste und tranken still ihr Coca Cola.
Die Fischnaller Ulli machte sich gerade darüber lustig, dass die Araber in ihren unförmigen Leihautos,
mit denen sie vom Flughafen Frankfurt oder Mün-
chen ins Innergebirg kommen, miserabel fahren und
überhaut nicht einparken können.
„Wenn bei denen die Frauen Auto fahren dürften,
dann würd das besser funktionieren", ergänzte die
Sillaber Walli.
„Und wia si die Frauen bei der Hitz anziagn miassn",
meinte die Ulli. Die Walli setzte wissend hinzu: „Die
Gerti, die im Grand Hotel aufräumt, hat mir gsagt,
dass die Araberinnen im Zimmer ihre Schleier und
Kutten sofort weggebn. Und drunter haben die eine
Wäsch an, mein Liaber!"
„Den Schleier und diese Kutten wolln eh nur die
Mander, die Frauen täten gern drauf pfeifen. Aber die

habn ja nix zu sagen bei denen", seufzte die Ulli und zog am Strohhalm, der im Eiskaffee steckte.

„Wenn die noch öfter zu uns auf Urlaub fahrn, könnt ja sein, dass sie von uns lernen, dass man als Frau a anders daherkommen kann und trotzdem normal is." Die Walli rückte sich die Träger ihrer Bluse zurecht.

Der Schurli, der Sommer wie Winter in jenem Café als Kellner arbeitete, ist ein waschechter, eingeborener Wiener, obwohl er nicht so aussieht, denn sein Vater ist ein nach Wien ausgewanderter eingeborener Nigerianer. Wenn ein Österreicher eine Mischung aus Bier und Cola bestellt, dann bestellt er einen so genannten „Neger".

Als der Gracek Peter in jenem Café einmal einen „Neger" bestellen wollte und den dunkelhäutigen Schurli sah, der kam, um die Bestellung aufzunehmen, sagte er schnell: „Äh, bitte einen, äh, ein Bier mit Cola." Daraufhin fragte der Schurli: „Meinen Sie einen Neger?" „Ja eh", antwortete der Gracek Peter. „Ja, warum sagens denn des net glei", sagte der Schurli kopfschüttelnd und brachte ihm die gewünschte Mischung.

Nun näherte sich der Schurli dem Tisch, an dem die Ulli und die Walli ihren Eiskaffee konsumierten. „Es tut mir leid, aber ich muss euch bitten, das Lokal zu räumen. Eure Zeche wird übernommen." Die Ulli und die Walli sahen den Schurli verständnislos an. „Bitte", sagte er, „was soll i machen?"

„Schurli, sag amoi, spinnst jetzt total!", regte sich die Walli auf. „I versteh nit, warum wir gehn solln."

Der Schurli drückte herum: „Ja, weil ihr so daherkommt, wie ihr daherkommt." Die beiden Damen warteten auf eine Erklärung. „Ja, mit so wenig anzogn halt", flüsterte der Schurli.

„Aber des is doch ganz normal!", sagte die Walli höchst erstaunt.

„Ja eh! Aber der da hinten sieht des a bisserl anders", sagte der Schurli mit einer Kopfbewegung zu einem älteren, vollbärtigen Araber, der mit drei Frauen an einem der hinteren Tische saß. Die Frauen waren verschleiert und sie trugen ebenso wie der Mann Sonnenbrillen.

Die Walli fragte, was den da hinten das alles angehe. „I glaub, der hat meinem Chef a paar Hunderter gsteckt", antwortete der Schurli, „dass i euch sag, ihr sollts euch schleichen. Also bitte, gemma, gemma!"

Die Ulli wurde wütend: „Dein Chef lasst sich von dem Araber kaufen? Und du sollst die Drecksarbeit machen? Ja, wo samma denn?"

Die Walli sagte nichts mehr, sondern sprang auf, bewegte sich schnurstracks zu dem betreffenden Tisch, knöpfte sich die Bluse auf und präsentierte ihr geballtes Silicon Valley vor den Augen des Arabers. Schockiert nahm der Mann die Sonnenbrille vom Gesicht und saß mit aufgerissenen Augen da, unbeweglich und stumm. Seine drei Frauen kreischten erst kurz, dann fingen sie hinter ihren Schleiern zu kichern an.

„So", sagte die Walli zum Schurli, „jetzt kannst mi aussischmeißn, weil so wia i jetzt daherkomm, so ghört si des wirklich nit!"

Die Ulli baute sich vor dem Schurli auf: „Und sag deinem Chef, dem alten Schneebrunzer, er is a windigs Oaschloch, des si draht, wia ers braucht!" Dann hängte sie sich Arm in Arm bei der Walli ein, die in der Zwischenzeit ihre Bluse wieder zugeknöpft hatte. Die beiden Freundinnen verließen erhobenen Hauptes und ohne zurückzuschauen das Café, das sie fortan nie wieder betraten. Der Schurli suchte sich nach Ende der Sommersaison eine neue Stelle und wurde Oberkellner in einem Hotel im Glemmtal.

Aufstand in Aufhausen

Als die Gruberin der Hoferin eines Tages etwas Vertrauliches mitteilte, fragte diese nur „Wen?" „I kenns a nit", sagte die Gruberin. „A Deutsche solls sein. Die Bergerin hat gsagt, dass ihr die Huberin gsagt hat, dass die Bacherin gsehn hat, wie dein Mann, der Sepp, bei der deutschen Schlampn aus und ein geht."

Bei dieser Deutschen handelte es sich um Sabine Müller, eine Krankenschwester, die im Spital diejenigen Wintersportler versorgte, denen der Sepp und seine Kollegen das Schifahren beigebracht hatten. Denn der Sepp war Schilehrer. Sie wohnte zurückgezogen in einem kleinen Ferienappartement in Aufhausen, das ihr ein holländischer Zweitwohnungsbesitzer vermietet hatte, war dunkelhaarig, schlank und unauffällig.

„I wann i du wär", sagte die Gruberin zur Hoferin, „i würd meinem Alten was erzählen, da kannst Gift drauf nehmen."

„Und was würd des bringen?", fragte die Hoferin. „Der redt sowieso nia nix mit mir." Der Hofer Sepp hatte Beine wie Lärchenstämme, Arme wie Fichtenäste und war schweigsam wie ein Baum. Aber dass er auch mit seiner Frau nichts redete, darüber wunderte sich jetzt sogar die Gruberin, der an sich nichts fremd war. Sie griff zum Telefonhörer, rief die Bergerin, die Huberin und die Bacherin an und befahl ihnen, sofort zu ihr zu kommen, um der Hoferin in ihrer schweren Stunde beizustehen.

Kurze Zeit später saßen die fünf Damen vereint im Wohnzimmer der Gruberin und waren vom Kaffee auf Tee mit Rum umgestiegen.

„Wir miassn was tuan", sagte die Gruberin. „I kenn diese deutschen Gsöllinnen. Und ich sage euch, wenn wir nix tuan, dann schnappt uns der gamsige Trampel unsere Mander oan nach dem andern weg."

„Dabei is an dem Boanerhengst eh nix dran", bemerkte die durchwegs mollige Bacherin.

Und die Bergerin meinte: „Wir werdn der piefkinesischen Hosnsoacherin zoagn, wer bei uns die Hosn anhat."

„Wehret den Anfängen!", fügte die Huberin hinzu, die diesen Satz einmal bei einer Pfarrgemeinderatssitzung gehört hatte.

Es war schon dunkel, als sich die Hoferin, die Gruberin, die Bacherin, die Bergerin und die Huberin auf den Weg nach Aufhausen machten. Durch das Fenster konnten sie beobachten, dass Sabine Müller allein an einem Tisch saß und aß. Als es an ihrer Wohnungstür klingelte, öffnete sie nichtsahnend und konnte nicht verhindern, dass sich die fünf Damen, so wie sie waren, in Winterjacken und Pelzschuhen in ihre Wohnung drängten, sich fast übereinander sitzend auf die Couch warfen und die deutsche Krankenschwester mit durchdringenden Blicken anstarrten. Sabine Müller starrte fassungslos zurück. Nachdem ihr die Gruberin erklärt hatte, dass es sich bei ihrem Gspusi, also bei ihrer Liebschaft, um den Ehemann der daneben sitzenden Hoferin handelte, fragte Sabine Müller: „Der Sepp Hofer, der Schilehrer?"

„Ja sowieso der! Oder hast noch a paar andere Seppn?"

„Was", schrie Sabine Müller, „der Sepp ist verheiratet? Und mir hat er versprochen ...“

„Ah geh! Wann oaner nia nix redt, wia soll der dann was versprechen", entgegnete die Hoferin.

„Na, Sie haben vielleicht eine Ahnung! Der Sepp kann reden wie ein Wasserfall. Wenn der mal richtig durchstartet, mein lieber Schwan!" Dann verstummte sie, denn es wurde ihr die ganze Tragweite des ungebetenen Besuchs noch bewusster als zuvor. Entsetzt über das, was sie soeben erfahren musste, entschuldigte sie sich aufrichtig bei der Hoferin und betonte immer wieder, dass sie das alles nicht gewusst habe und selbst betrogen worden sei. Sie brachte Kaffee mit Whisky, was die Damen einigermaßen beruhigte. Gemeinsam beschloss man nun, gegen den untreuen und hinterhältigen Sepp etwas zu unternehmen. „Er kommt sowieso gleich vorbei", sagte die Deutsche.

Als der Sepp kurze Zeit später in der Dunkelheit vor der verschlossenen Wohnungstür stand, fielen die sechs Damen über ihn her und verprügelten ihn mit Besen und Schneeschaufeln, ohne dass er jemanden erkennen konnte. Schließlich lag er jammernd im Schnee und schleppte sich, nachdem Sabine Müller auf seine Hilferufe nicht reagiert hatte, stöhnend davon.

So hätte es sich ereignen können, doch entspricht diese Geschichte nicht ganz der Wahrheit. Denn als die

Frauen in die Wohnung der Sabine Müller eindrangen, redeten sie nicht lang herum, sondern zerrten sie an den Haaren, zerkratzen ihr das Gesicht, schlugen auf sie ein und traten die auf dem Boden Liegende mit den Füßen. Sie schrien sie an, sie solle sich dorthin scheren, woher sie gekommen war und warfen ihr Ausdrücke des Abscheus an den Kopf, die sie nicht verstand. Dann gingen die fünf Damen zu ihren Männern zurück. Der Hofer Sepp saß schweigend vor dem Fernseher, seine Frau kam rechtzeitig, um ihm das Abendessen zu richten.

Sabine Müller konnte sich weder erklären, warum das alles passiert war, noch kannte sie diese wild gewordenen Personen, die so plötzlich in ihre Wohnung gestürmt waren. Denn alles ging sehr schnell. Sie war bis auf den Grund ihrer Seele erschüttert, unsicher, hatte Angst und wollte mit niemandem darüber reden. Dem Sepp sagte sie es doch. Daraufhin stellte er seine Besuche bei ihr ein. Sabine Müller kündigte im Spital und verließ das Innergebirg für immer. Das ist eine der Wahrheiten des Innergebirgs.

Stromausfall

Mein Bruder Herbert schaltete am 28. Dezember 2012 um 21 Uhr 05 daheim in Zell am See, Schmittenstraße 87, seinen Computer ein. Daraufhin wurde es dunkel. Stromausfall im ganzen Haus. Herbert glaubte, durch das Einschalten des Computers diesen Stromausfall verursacht zu haben. Ich suchte eine Taschenlampe, ging zum Sicherungskasten und stellte fest, dass mit den Sicherungen alles seine Ordnung hatte und der Schutzschalter eingeschaltet war. Ich sah durch das Fenster ins Freie und bemerkte in der ganzen Umgebung eine totale Finsternis. Das Einschalten eines Computers, auch wenn es sich um ein älteres Modell handelt, kann solche Auswirkungen nicht haben. Herbert ist unschuldig!

Ich ging vor das Haus und blickte in eine Dunkelheit, wie ich sie bei uns noch nie gesehen hatte. Die Straßenlaternen gaben kein Licht, die Laternen über den Eingängen der Häuser blieben dunkel. Normalerweise lösen ihre Bewegungsmelder schon beim geringsten Zucken eines Vorbeigehenden ein Aufblitzen aus, was zu einem permanenten Blinken in der Umgebung führt. Auch die seit Wochen alles überstrahlende Weihnachtsbeleuchtung fehlte. Auf den Balkonen und den Mauern der Häuser ringsum hat man in den letzten Jahren immer mehr Lichtgirlanden mit weihnachtlichen Motiven befestigt. Da wimmelte es von Weihnachtsmännern mit Zipfelmützen und

Knollennasen, die die Wände hochklettern, da sah man Schlitten ziehende Hunde mit Hirschgeweihen, Tannenbäume, die über die Giebel der Dächer hinauswachsen, riesige Kerzen, die gelbes Licht spenden, blau leuchtende Eiszapfen oder lang gezogene Lichterketten, die den auf den Häusern liegenden Schnee symbolisieren sollen, der in Wirklichkeit auf sich warten ließ. Einer befestigte über seinem Hausdach sogar den Morgenstern von Bethlehem, dessen Schwanz auf Grund einiger defekter Lämpchen aussah wie der Rest eines überdimensionalen Ziegenbarts. Und nun war plötzlich all das nicht mehr da, wie von Geisterhand weggefegt. Herbert ist definitiv unschuldig!

Sogar die überdimensionale Anzeigetafel, die uns Bewohnern der Schmittenstraße in aufdringlich roter Schrift mitteilt, dass in der Nacht alle Plätze auf den Parkplätzen der Schmittenhöheseilbahn besetzt sind, blieb unsichtbar. Diese Anzeigetafel gibt das ganze Jahr lang ununterbrochen Hinweise auf freie oder belegte Parkplätze, auch dann, wenn die Seilbahn wegen Betriebsurlaub geschlossen ist.

Ich blickte hinunter zur Stadt, konnte auch dort keine Helligkeit erkennen und vermutete, dass auch der Gittermast der Stromleitung in Bruck an der Glocknerstraße, den man im Advent immer als leuchtenden Christbaum dekoriert, von diesem Ausfall betroffen sein musste.

Dann sah ich die Sterne über mir und bewunderte einen Himmel, den es in dieser Intensität für mich hier noch nie gegeben hatte, weil endlich das künstliche Licht fehlte. Der Große Wagen kam ein Stück näher, und der Orion war so mächtig wie ein alles beschützendes Dach. Schade, dass Herbert erwiesenermaßen an all dem unschuldig war!

Um 21 Uhr 12 kam das Licht zurück, alles leuchtete noch heller als zuvor und zwängte die Schönheit einer Winternacht wieder in die gewöhnliche Einfalt des Alltags. Aber die vergangenen sieben Minuten verzauberten die ganze Umgebung in eine Stimmung, die würdig war, weihnachtlich genannt zu werden.

Lieber Herbert!
Es ist klar, dass du mit dieser Sache nichts zu tun hast, aber schalte bitte jedes Jahr am 28. Dezember um 21 Uhr 05 deinen Computer ein, weil man weiß ja nie. Es war so schön.

Standort

Wenn man ins Innergebirg fährt, zum Beispiel in den Pinzgau, dann fährt man eini, also hinein. Wenn man drin ist, zum Beispiel in Zell am See, dann fährt man nach Mittersill auffi, also hinauf, nach Saalfelden obi, also hinab, nach Bruck ummi, also hinüber, in die Fusch eini, also nach Fusch an der Glocknerstraße hinein, und nach Salzburg aussi, also hinaus.

Nach Wien geht es von allen österreichischen Bundesländern aus naturgemäß immer obi, also nach unten. Daraus könnten noch weitere Geschichten entstehen, aber das würde hier zu weit führen.

Literaturhinweise

Bruck, Peter A. (Hrsg.): Die Mozart Krone.
Wien-St. Johann im Pongau 1991

Floimair, Roland (Hrsg.): Vom Wiederaufbau zum
Wirtschaftswunder. Ein Lesebuch zur Geschichte
Salzburgs. Salzburg 1994

Kyselak, Joseph: Herrn Kyselaks Alpenreise, unter-
nommen im Jahre 1825. Von ihm selbst erzählt.
Wien-Berlin-Leipzig-München 1922

Salzburger Stadtbuch No. 2, hrsgg. vom Kultur- und
Förderungsverein „Freunde der ZEITUNG".
Salzburg 1980

Der Text „Petersbrunnhof" erschien erstmals in:
Vom Leuchtturm sehe ich das Meer.
Salzburg: Edition Eizenbergerhof 2011

Fotonachweis

S. 9
Der Autor im Alter von sechs Monaten
Foto: Peter Blaikner sen.

S. 25
Zell am See von der Ebernbergalm aus
Foto: Autor

S. 43
Etablissement Lupanar am Steinpass
Foto: Klaus Schwarz

S. 115
Fassade des Saarländischen Staatstheaters
Saarbrücken in der Spielzeit 1993/1994
Foto: Hannelore Grahammer